LA
STRATONICE
OV
LE MALADE
D'AMOVR.

TRAGI-COMEDIE.

A PARIS,

Chez

ANTOINE DE SOMMAVILLE, en la Gallerie
des Merciers, à l'Escu de France.

&

AVGVSTIN COVRBE, en la mesme Gallerie,
à la Palme,

Au Palais.

<hr />

M. DC. XLV.
AVEC PRIVILEGE DV ROY.

360.

(4)

A MONSIEVR
BASTONNEAV

Seigneur de Vincelottes , Sauue-
genoüil & Pomar , Escuyer ordinaire de la grande Escurie du
Roy , &c.

ONSIEVR,

Soit sagesse ou folie, i'ay tousiours estimé qu'il
valoit mieux tesmoigner dans les grandes entre-
prises de la temerité que de la crainte; parce que
la premiere a beaucoup de traits du courage , &

à ij

l'autre de la lascheté. Dans ce sentiment, ie me
suis emancipé de vous presenter vn coup d'essay
qui marque autant mon insuffisance que mon
zele, en vn mot vn ouurage du prix, duquel on
ne peut mieux iuger qu'en considerant les defauts de l'ouurier. Ie sçay que ie deuois choi-
sir vne personne moins considerable que vous,
pour garder quelque sorte de rapport entre-elle
& mon offrande; mais mon inclination à vaincu mon deuoir; ioinct que Stratonice n'est pas
de condition à s'abaisser, l'or de sa Couronne
l'esleue par son poids, & l'éclat qui en sort est si
vif, que le vulgaire en seroit esblouy, si cette
Reyne estoit en des mains moins esleuées que
les vostres; D'ailleurs, Antiochus tout malade
qu'il est, dans le dessein qu'il a de voir le monde,
conserue assez de courage, pour aymer mieux
nauiger en pleine Mer auec danger, que de
voyager sur vn fleuue en sureté; mais que dy-ie
auec danger, puis qu'il vous a pris pour son Pi-
lote, il ne doit rien craindre; que les enuieux ex-
citent des orages pour le perdre, les flots qu'ils
souleueront s'iront briser contre son nauire, &
vostre nom qui luy promet vn vent fauorable,
sera l'écueil ou ces escumeurs se verront es-
choüer; En tout cas, si le peu de lumiere qu'à
Stratonice offence la veuë de quelques Hyboux,

ie n'apprehende pas que les Aucerrois foient
comptez parmy ces oyfeaux de mauuais augu-
re, qui n'ont point d'autre iour que la nuict, ny
d'autre clarté que les tenebres. Le malade
d'Amour peut fe plaindre hautement dans Au-
cerre fans crainte d'efueiller l'enuie, vos merites qui font pour le moins auffi grands que fa
paffion, vous ont acquis tant de credit dans cette Ville, que ie ne puis croire fans herefie qu'il
s'y trouue perfonne qui ofe attaquer du penfer
feulement ce que vous protegez, l'affection
que chacun vous y porte, m'affeure qu'on aura
pitié d'Antiochus, & qu'on aymera mieux le
plaindre, & fe plaindre auec luy de fa maladie,
que de le condamner; ie pourrois m'eftendre
icy par vne raifonnable difgreffion, fur la grandeur de vos vertus, & principalement fur l'ex-
cellence de celle qu'on peut nommer yn aftre
bien-faifant, qui influë auec prudence fur tout
ce qui luy eft inferieur, & monftrer que vous la
poffedez dans ce iufte milieu que la Morale fait
confifter entre l'excez & le defaut. Mais ce feroit mettre en auant vne verité que vos actions
ont confirmée, & que vous auez apprife pref-
que à tout le monde, puis qu'il n'eft pas mefme
iufqu'aux étrangers, qui n'en ayent reffenty les
effets, & qui n'en publient les loüanges ; De

ã iij

forte qu'apres vne reconnoissance si generale de
vos merites , ie croy pouuoir dire sans faire le
vain , que i'espere iustement apres vostre ap-
probation celle de tous ceux qui vous connoif-
sent; ie dy que ie l'espere , mais ie ne la souhaitte pas , puis que de tous les souhaits que ie suis
capable de former , ie ne fay que celuy de me
dire auec vostre aueu,

MONSIEVR,

Vostre tres-humble & tres-
obeissant seruiteur,
BROSSE.

EXTRAICT DV PRIVILEGE du Roy.

PAr grace & priuilege du Roy donné à Paris le seiziesme Mars 1644. il est permis à Anthoine de Sommauille & Augustin Courbé, Marchands Libraires à Paris, d'imprimer vne piece de Theatre, intitulee *la Stratonice*, & deffences sont faites à tous autres d'en vendre ny distribuer, sinon de leurs consentement, sous les peines portées par lesdites lettres.

Acheué d'imprimer le premier Avril 1644.

Les Exemplaires ont esté fournis.

LES ACTEVRS.

SELEVQVE, Roy de Syrie.

ANTIOCHVS, fils de Seleuque, amoureux de
    Stratonice.

STRATONICE, fille de Demetrius, destinée
    pour femme à Seleuque.

LEOFONIE, Confidente de Stratonice.

CLIMENE, Gentil-homme du Roy, Confident
    d'Antiochus.

CLITARQVE, Gentil-homme.

NICRATE, Gentil-homme.

ERASISTRATE, Medecin.

MESSAPPE, Roy de Thessalie.

THAMIRE, Infante de Thessalie.

La Scene est à Damas dans le Palais Royal.

LA
STRATONICE,
OV
LE MALADE D'AMOVR
TRAGI-COMEDIE.

ACTE I.
SCENE I.

ANTIOCHVS, CLITARQVE, CLIMENE,
ANTIOCHVS.

MIS retirez-vous, vos foins me defo-
bligent,
En l'eftat où ie fuis ceux qui m'aydent
m'afligent,
Les difcours ne font pas des marques d'amitié,

A

Voſtre entretien accroiſt mon mal de la moitié;
Ces remedes communs des miſeres communes,
S'appliquent vainement aux grandes infortunes,
Vos conſeils ſeruiroient en vn petit mal-heur,
Mais ils ſont impuiſſans à vaincre ma douleur,
Eſpargnez vn ſecours qui ne m'eſt pas vtile,
Ma gueriſon ſera quelque iour plus facile,
Et vous pourreʒ alors auecques moins d'effort
Surmonter mes ennuis & diuertir ma mort,
C'eſt du temps ſeulement que i'eſpere de l'ayde,
Le ſecours le plus lent eſt mon plus prompt remede,
Car le mal qui me preſſe eſt cruel à ce point
Qu'on ne m'en peut guerir, qu'en ne m'aſſiſtant point.

CLITARQVE.

Prodigieux diſcours !

CLIMENE.

Eſtrange maladie ?
Qui s'accroiſt d'autant plus que l'on y remedie,

ANTIOCHVS.

Ouy, mon ſupplice eſt tel que ie vous l'ay décrit,
S'il affoiblit mon corps, il abat mon eſprit,
La raiſon ne peut rien contre ſa violence,
I'oppoſe vainement ce que i'ay de conſtance,

Il sçait faire ceder à ses premiers efforts,
Les puissances de l'ame, & les forces du corps.

CLITARQVE.

C'est dans les grands mal-heurs, qu'vn grand courage
  éclatte,
Il n'est point d'ennemy que la vertu n'abatte,
Celuy sur qui le sort decharge sa rigueur
Flechit mal-aisement s'il est homme de cœur,
Il se maintient tousiours, où s'il faut qu'il succombe,
Il s'esleue bien haut auparauant qu'il tombe,
Seigneur consolez-vous, ie croy sans vous flatter
Que vous vaincrez le mal qui veut vous surmonter.

ANTIOCHVS.

C'est ce que ie souhaitte, & ce que i'apprehende,
Amis vit-on iamais de misere plus grande?
Ie hay ma maladie, & ie crain d'en guerir,
I'ay desiré la mort, & i'ay peur de mourir,
Si mon tourment s'accroist, ie soupire & me fache,
Ie suis desesperé si i'ay quelque relasche,
De sorte qu'on peut dire en cette extremité
Que ie me porte mieux quand i'ay moins de santé,
Et qu'en ses fonctions mon ame est interditte
Dés le premier instant que la fievre me quitte.

A ij

CLITARQVE.

Ie ne puis rien comprendre en ces propos confus.

ANTIOCHVS.

Ie vous conseille donc de ne m'escouter plus,
Adieu, que l'on m'attende en la sale prochaine.

CLITARQVE.

Mais Seigneur----

ANTIOCHVS.

Il suffit, alleȝ, suiuez Climene.

SCENE II.

ANTIOCHVS seul.

IVſqu'à quand voulez-vous, impitoyables Dieux,
Faire pâtir mon cœur du crime de mes yeux ?
Iuſqu'à quand voulez-vous que mon ſuplice dure,
N'aurez-vous point pitié des peines que i'endure,
Ne me verrez-vous point vn iour d'vn œil plus doux,
Et mes cris n'yront-ils iámais iuſques à vous ?
C'eſt aſſez et par trop eſprouuer ma conſtance,
Ie ne ſuis plus au point de faire reſiſtance,
Ie ne puis plus hayr vn objet amoureux,
En vn mot ie ſuis las de viure mal-heureux,
I'eſcoute le plaiſir, ma paſſion m'entraine,
Ie m'oublie auſſi-toſt que ie penſe à la Reine,
Et ſi vous ne m'oſtez ce penſer ſuborneur,
L'amour l'emportera ſans doute ſur l'honneur.

  Mon amour porteroit preiudice à ma gloire !
Ay-ie perdu l'eſprit, n'ay-ie plus de memoire
Sçay-ie bien qui ie ſuis, & le rang que ie tien,
Ay-ie oubliay mon nom ! rien moins, ie m'en ſouuien,
Ie m'appelle Anthioche, & Seleuque eſt mon pere,
Ie ne permettray pas que ſon ſang degenere,

Ie ne souffriray pas que la posterité
M'accuse de foiblesse & de temerité,
I'ayme ma belle mere ! & ceste amour funeste
Ne m'est pas vn poison, ne m'est pas vne peste !
Ie puis viure vn moment, & sentir cette ardeur,
Ie garde sans mourir, ce venin dans mon cœur !
O Prince mal-heureux, estouffe cette flâme
Qui fait rougir ton front, et qui noircit ton ame,
Les Dieux en sont surpris, la Nature en gemit,
Le Ciel en tremble mesme, & la terre en fremit,
Cours plutost à la mort, cours plutost au supplice,
Ferme, ferme tes yeux, aux yeux de Stratonice,
Et deuant que ton cœur se rende à cet amour
Pers cent fois, si tu peux cent fois perdre le iour !
Mais que dy-ie insensé ! qu'elle fureur m'emporte,
Ne suis-ie pas trouble de parler de la sorte.
Ay-ie quelque raison de si mal discourir,
Ie doy songer à viure & non pas à mourir,
Stratonice le veut, sa beauté me l'ordonne,
Viuons donc, viuons donc pour sa seule personne,
Si ie commet vn crime en aymant ses appas,
I'en ferois vn plus grand en ne les aymant pas ;
La Nature & les Dieux ne la firent si belle
Qu'afin que tout le monde eust de l'amour pour elle,
Vy donc Anthiochus, & cheris ses beaux yeux,
De crainte d'offencer la Nature & les Dieux.

   O criminelle erreur, ô profane imposture,
   I'offence en les aymant les Dieux & la Nature

Ie manque à mon deuoir, ie viole les Lois,
Ie traitte indignement, le plus digne des Rois,
Ie me rends ennemy du Ciel & de la terre,
Et i'attire sur moy la rigueur du tonnerre.

Beaux yeux, diuins appas, cessez de m'enflamer,
Mon pere seulement à droit de vous aimer,
Mon pere seulement vous regarde sans crime,
Et luy seul a pour vous vne ardeur legitime,
Tout autre en vous voyant chocque sa passion
S'il ose desirer vostre possession;

Et c'est ce qui me pert, & c'est ce qui me tuë!
Mon ame à ce penser vainement s'euertuë,
Ce qu'elle a de raison, ce qu'elle a de pouuoir
La quitte, la trahit & cede au desespoir;

Honneur à mon secours, c'est en toy que i'espere,
Sentimens de respect qu'vn fils doit a son pere,
Horreur qu'on doit auoir des lasches actions,
Dans l'orage où ie suis seruez moy d'Alcyons.

Incestueux pensers, criminelles idées,
Que i'ay iusqu'à present si cherement gardées
Coupables souuenirs d'vn objet innocent,
Ne reuenez iamais, ma memoire y consent,
Stratonice n'a plus de beauté qui me touche,
Mon cœur en ce mépris parle plus que ma bouche
Ses appas sont communs, & mes yeux mieux ouuers
Remarquent dans les siens mille deffauts diuers,
Elle emprunte du fard - - - - - - - -

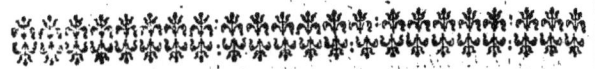

SCENE III.

STRATONICE, LEOFONIE, ANTIOCHVS.

STRATONICE.

Leofonie ne fait que paroiſtre.

C'Eſt le Prince luy-meſme,

Demeurez,

ANTIOCHVS bas.

Que ie vien de faire vn grand blasfeme,

STRATONICE.

Leofonie ſe retire.

Ie veux luy parler ſeule afin de l'obliger
A me dire en ſecret ce qui peut l'affliger.

ANTIOCHVS.

Non, non, ie m'en dedy comme d'vne impoſture,
Ces roſes & ces lys vous viennent de nature
Voſtre rare beauté n'emprunte rien du fard,
Mais ie m'en apperçois & trop toſt & trop tard;
Il falloit pour iouyr d'vn deſtin plus proſpere

Que

Que mon ardeur preuint la flame de mon pere,
Ou s'il deuoit vn iour posseder nos attraits,
Il falloit que mes yeux ne vous vissent iamais,
Qu'ils ne vissent iamais vostre aymable visage!
Qu'il ne vissent iamais l'orniement de nostre âge,
Ma langue en ce souhait trahit mon sentiment,
La raison la condamne, & l'amour la dément:
Puis que de tant d'appas, le Ciel vous a pourueu,
I'eusse esté mal-heureux priué de vostre veuë,
Le bon-heur d'vn mortel, consiste à voir les Dieux,
Et le plus grand de tous est logé dans vos yeux,
Ie le voy, mais il monstre vn visage seuere,
Qu'ay-ie fait, qu'ay-ie dit, qui le mette en colere!
Helas! qu'en peu de temps i'oublie vn grand forfait,
C'est que i'ay mal parlé d'vn chef-d'œuure parfait;
Beaux yeux, employez-vous à demander ma grace,
Empeschez que l'effet ne suiue la menace,
Le Dieu que i'ay faché, quand il est en courroux,
N'a point de traits mortels qu'il n'emprunte de vous.

STRATONICE.

M'est-il icy permis de croire mon oreille,
Prince, resueillez-vous, vostre raison sommeille,
Ouurez, ouurez les yeux, regardez-moy de prés,
Considerez-moy bien, & parlez mieux aprés;
I'admire qu'vn esprit si present que le vostre
Prenne si longuement vn objet pour vn autre,

B

Me reconnoissez-vous, Prince respondez-moy?

ANTIOCHVS.

Ouy ie vous conoy bien, mais ie me mesconoy.

STRATONICE.

Que dites-vous, Seigneur,

ANTIOCHVS.

Ie confesse ma faute,
Mais ie ne parle pas d'vne voix assez haute,
Vous ne m'entendez pas implorer le pardon,
C'est que vous me iugez indigne de ce don !

STRATONICE.

Qu'elle faute est-ce donc que vous auez commise ?

ANTIOCHVS.

Ie la dy sans espoir, qu'elle me soit remise,
I'ay parlé (grande Reyne) auec trop de mépris,
D'vne Dame en beauté, sans exemple & sans prix

STRATONICE.

Ne m'apprendrez-vous point le nom de cette Dame?

ANTIOCHVS tout bas.

Ma langue encor vn coup trahiras-tu mon ame,
Et contre mon aueu pourras-tu reueler
Vn secret dont l'honneur me deffend de parler,

STRATONICE.

Suis-ie indigne d'ouyr le nom de cette belle
Et ne sçauray-ie point enfin comme on l'appelle ?

ANTIOCHVS.

Apres les fausseteze qu'ma langue en a dit,
L'honneur de la nommer luy doit estre interdit ;
Mais pour vous contenter, aymable Stratonice,
Mes yeux exerceront auiourd'huy son office,
Observez leurs regards, ils vous diront assez,
Et mes deffauts presens, & mes crimes passez ;
Ils n'ont point d'autre objet que vostre beau visage,
Concluez maintenant à qui i'ay fait outrage,
Deuinez la beauté que ie crains de nommer,
Que ie ne puis hayr, & que ie n'ose aymer.

STRATONICE.

Ie demeure à ces mots interditte & confuse !

ANTIOCHVS.

Ce qui m'a fait faillir me seruira d'excuse :
Mes feux sont criminels, ie ne les celle pas,
Mais qui peut sans bruler contempler vos appas?
Quel esprit assez fort, ou bien assez barbare,
Peut voir & n'aymer pas vne beauté si rare,
Madame, mettez fin à vostre estonnement,
L'amour vous oste vn fils, & vous donne vn Amant,
Quelque cause qu'on cherche, & qu'on se persuade,
Ce ne sont que vos yeux qui me rendent malade,
Et qui seront bien-tost mes cruels assassins,
Si vous ne consentez qu'ils soient mes Medecins.

STRATONICE.

A la fin ie croiray ce qui n'est pas croyable ;
Quoy Prince, vous brûlez d'vn feu si detestable?
Depuis quand ce grand cœur, qui ne faillit iamais,
Forme-t'il vn dessein si lache & si mauuais?

ANTIOCHVS.

Depuis le iour heureux, & mal-heureux ensemble,

Que ie vy vos beautez, à qui rien ne ressemble,
A qui rien ne resiste, à qui tout rend honneur,
Qui causent mon martyre, & qui font mon bon-heur,
Ouy, depuis ce iour-la, mon amour vehemente
A confondu les noms, & de Mere & d'Amante,
I'ay pleuré mille fois, d'estre nay fils de Roy,
Et pour n'estre qu'à vous, i'ay cessé d'estre à moy;
Ce n'est pas (cher objet) dont ie suis idolatre,
Que ie me sois rendu deuant que de combattre,
Ne me soupçonnez pas tant de lacheté,
Ie me suis deffendu iusqu'à l'extremité;
I'auois assez de cœur pour surmonter vos charmes,
S'ils ne m'eussent donné que de foibles alarmes;
I'auois assez de cœur (que dy-ie mal-heureux,
Il faut n'en auoir point pour resister contr'eux;
Et qui ne se rend pas à l'excez de leur grace
S'il en a, c'est vn cœur ou de roche, ou de glace,
Le mien ne fut iamais, ny si dur, ny si froid,
Vous voyez sa tendresse, & sa flame paroist.

STRATONICE.

Qu'il la cache plutost, puis qu'elle est des-honneste,
Mon honneur ne fait point de honteuse conqueste,
Prince, vous m'offencez, d'auoir ces sentimens,
L'amour n'inspire pas de pareils mouuemens;
Quoy que puisse alléguer vostre bouche diserte,
Ils procedent plutost d'vne hayne couuerte,

B iij

Du mépris assuré que vous faites de moy,
Et du peu de respect que vous portez au Roy ;
Il n'en faut point douter, c'est chose tres-certaine,
Le nom d'amour vous sert à couurir vostre haine,
Si vous m'aymiez autant qu'asseurent vos discours,
Vous ne me feriez pas l'objet de vos amours,
La vertu trouueroit plus de place en vostre ame,
Et vous auriez horreur de me vouloir pour femme,
Le penser seulement de l'Hymen contracté,
Vous deuroit faire icy changer de volonté ;
Ouy, pour vous deliurer de cette frenesie
Ce deuroit estre assez que le Roy m'ait choisie,
Qu'il m'ait fauorisé de son élection,
Pour partager sa gloire & son affection :
Si vous estiez vn fils, qui respectât son pere,
Vous n'attenteriez pas sur vn bien qu'il espere,
Et ses plaisirs ainsi que ses commandemens,
Arresteroient le cours de vos déreglemens :
Ie veux que ce Monarque à qui tout autre cede,
N'ait pas encor iouy des faueurs qu'il possede,
Et que pour accomplir nostre Hymen nuptial
Il ne m'appelle point encor au lict Royal ;
Sa parole l'oblige, & la mienne m'engage ;
C'est le consentement qui fait le mariage ;
Ie puis sans contredit l'appeller mon Espous,
Songez estant à luy, si ie puis estre à vous ?
Si vostre ame n'estoit tout à fait aueuglée,
Ce penser esteindroit sa flame déreglée,

Elle auroit vn objet, & des desseins meilleurs,
Elle tairoit son mal, ou le diroit ailleurs;
Tant de rares beautez, tant de grandes Princesses,
Vous presentent leurs cœurs pour prix de vos caresses,
Faites choix de quelqu'vne agreable à vos yeux,
Dont la grandeur atteigne au rang de vos ayeux;
Ayez des passions, sans crime & sans reproche,
Digne de la maison, & du nom d'Antioche,
Faites-vous vne loy, vous qui faites les Lois,
Et redoutez les Dieux, qui sont Iuges des Roys.

ANTIOCHVS.

Les Dieux sont indulgens quand on pesche par force,
Ie ne m'en puis garder, mon crime a de l'amorce,
Ie brusle, & vos froideurs ne font que me choquer,
C'est vn Arrest du sort qu'on ne peut reuoquer;
Ie ne sçaurois aymer de beauté que la vostre,
Pourquoy me dittes-vous que i'en choisisse vn autre?
En vous monstrant à moy pour la premiere fois,
Ne m'ostastes vous pas la liberté du choix?
Et puis qu'elle beauté peut-on trouuer au monde,
Qu'vn seul de vos attraits, n'efface, & ne confonde,
Quels charmes, quels appas, quelles rares vertus,
Sont dignes seulement d'auoir vostre refus?

STRATONICE.

Dans ce commun mespris, n'offencez pas Thamire,

Elle qui le Ciel a mis ce que la terre admire,
Elle merite bien de recevoir vos vœux,
Si voftre cœur bruloit de legitimes feux;
Son pere eft abfolu dedans la Theffalie,
Aupres de fa grandeur toute autre s'humilie,
C'eft vn Roy glorieux, redouté, triomphant,
Et qui n'a mis au iour que Thamire d'enfant;
Ce Prince que tout craint, & que rien n'efpouuante,
Pretend faire vn Hymen, de vous & de l'Infante,
Il nous l'a fait fçauoir par vn Ambaffadeur,
Et Seleuque a promis de plaire à fa grandeur;
Nous auons peu compter vne demie année
Depuis qu'il efcriuit touchant cet Hymenée;
De forte que s'il veut arrefter cet accord,
Ses Vaiffeaux entreront bien-toft à noftre port;
Songez en quel danger vous reduirez la Ville,
Si ce Monarque fait vn voyage inutile,
Sans doute il chaffera la paix de nos pays
S'il void vos vœux changez, & fes deffeins trahis:
Auifez donc Seigneur, de plaire à ce grand Prince,
C'eft de là d'où dépend le bien de la Prouince,
Le repos du pays n'eft attaché qu'à vous,
Thamire vous adore, aymez-là, fauuez-nous.

ANTIOCHVS à l'écart.

N'en efperons plus rien, cette belle inhumaine
Fait gloire de paroiftre infenfible à ma peine,

Elle

Elle accuse mes pleurs, et condamne mes cris,
Mais ie sçay le moyen d'éuiter ses mespris,
C'est vne inuention de ma melancolie.

STRATONICE.

Prince , à qui parlez-vous ?

ANTIOCHVS.

Au Roy de Thessalie,

STRATONICE.

Il est encor trop loing , & vous parlez trop bas.

ANTIOCHVS.

Il est si pres de vous, ne le voyez-vous pas ?
Vous arriuez tous deux dans vn mesme Nauire.

STRATONICE.

Pour qui me prenez-vous ?

ANTIOCHVS.

Ie vous pren pour Thamire,

C

STRATONICE.

Dieux qu'elle extrauagance!

ANTIOCHVS.

Enfin malgré l'effort
Des ondes & des vents vous arriuez au port;
Enfin mes maux s'en vont, & mon bon-heur arriue,
N'apprehendez plus rien si proche de la riue,
Vous n'auez pour sortir qu'à me tendre la main.

STRATONICE.

Certes, vous n'auez pas le iugement bien sain,
Marche-t'on sur la mer ? Nauige-t'on sur terre ?

ANTIOCHVS.

Ie ne vous entend pas à cause du tonnerre,
Parlez vn peu plus haut, mon cœur, qu'auez-vous dit,
Mais d'où vient cét éclair, & qu'est-ce qu'il predit ?
Ce feu si prompt m'a mis vn glaçon dedans l'ame,
N'est-ce point que les Dieux brulent pour vous, Ma-
    dame ?
Qu'ils me portent enuie, & qu'il n'est plus en eux
De taire leur tourment, ny de cacher leurs feux,

STRATONICE.

A vous ouyr parler voftre raifon s'égare.

ANTIOCHVS.

Helas ie fuis perdu , voftre Vaiffeau démare,
Et Neptune propice aux vœux des autres Dieux,
Vous dérobe à la terre , & vous emporte aux Cieux;
Ce traitre rauiffeur , fuperbe de fa proye,
Monte fur les rochers afin que l'on le voye,
Et puis pour conferuer le threfor que ie pers,
Il le va tout à coup cacher dans les Enfers;
Thamire à fait nauffrage, ô perte irreparable!
O mal-heureux Amant , ô Prince déplorable!

C ij

SCENE IV.

CLITARQVE, CLIMENE, ANTIOCHVS, STRATONICE.

CLITARQVE.

D'Où vient ce bruit?

ANTIOCHVS.

Venez, ô braues Matelots,
Oppofer voftre adreffe à la force des flots,
En cette extremité, montrez voftre induftrie,
Surmontez la marine, appaifez fa furie:
Mais pareffeux Nochers, vous arriuez trop tard,
Les écueils & les vents font plus forts que voftre art.

STRATONICE.

Vit-on iamais efprit en vn femblable trouble?

CLITARQVE.

C'eft infailliblement fa fievre qui redouble.

CLIMENE.

Faisons tous nos efforts pour l'emmener d'icy.

ANTIOCHVS.

Voſtre trauail Nochers, n'a pas bien reüſſy,
Thamire vogue encor au gré de la tempeſte,
Elle s'en va perir, ie voy deſſus ſa teſte
Des rochers esbranſleʒ, et des montagnes d'eaux,
Qui ne s'éleuent point qu'en creuſant des tombeaux;
Toutefois, i'apperçoy le Vaiſſeau de Meſſape,
Ie le tiens, aydez-moy, de peur qu'il ne m'eſchappe,
Lâches, que craignez-vous? auanceʒ promptement.

STRATONICE en s'en allant.

Tachez de le conduire en ſon appartement,
Ie ne prend pas plaiſir à cette réuerie.

ANTIOCHVS.

Helas! c'eſt à ce coup que Thamire eſt perie,
L'air deuient plus obſcur, la tempeſte s'accroiſt,
Elle heurte vn écueil, ſa flotte diſparoiſt;
Mais quelque endroit du monde, où la porte l'orage,

Au mespris de la mort, ie la veux suiure à nage,
Ces tourbillons de vents ne m'espouuantent pas,
Ce ne peut estre icy le lieu de mon trespas,
Ce bon raisonnement, reste encor à mon ame,
Qu'on peut bien viure en l'eau, si l'on vit dans la
*   flame.*

Fin du premier Acte.

ACTE II.
SCENE I.

SELEVQVE, CLIMENE.

SELEVQVE.

THrône, sceptre, grandeurs, superbe habillement,
Que l'esclat de vostre or, cause d'aueuglement;
Le peuple qui voit tout seulement en l'escorce,
Ignore le danger que cache vostre amorce,
Et parce que les Rois se font tousiours garder,
Il croit que les soucis ne peuuent l'aborder:
Mais si ses yeux estoient capables de lumiere,
Il sortiroit bien-tost de cette erreur grossiere,
Et sans aller plus loing, il connoistroit en moy,
Que l'on n'est pas heureux, encore qu'on soit Roy;
Fidelle Confident à qui i'ouure mon ame,
Les regrets que ie fay, sont-ils dignes de blâme,
Peut-on me reprocher que ie me plains à tort,
N'ay-ie pas bien sujet de quereller le sort,

Ouy, toy qui vois mon cœur, & le trait qui le blesse,
Si ie respens des pleurs, sont-ce pleurs de foiblesse?

CLIMENE.

Ie me garderay bien d'en discourir si mal,
Ce sont pleurs de courage, & d'amour sans esgal,
Quand la main de la Parque esbransle vne Couronne,
Pleurer & souspirer n'est honteux à personne,
Chacun doit s'estonner, chacun doit s'émouuoir,
L'espouuante & le dueil sont alors du deuoir,
Iusques-là mesmement, qu'en de telles allarmes,
C'est imbecillité, que d'essuyer ses larmes;
Ie ne vous flatte point en vos aduersitez,
Ie ne le fy iamais en vos felicitez:
Sire vos maux sont grands, & dire le contraire,
C'est paroistre insensible, insolent, temeraire;
Il n'est point pour les Roys de petite douleur,
La grandeur de leurs maux se mesure à la leur,
Et puis la mort d'vn fis si bien nay que le vostre,
Est vne affliction qui surpasse toute autre,
Et comme la Nature à peu vous l'enseigner,
C'est vne playe enfin, qui doit tousiours saigner;
Ie vous consolerois au mal qui vous accable
Mais.....

SELEVQVE

SELEVQVE.

Mais, tu connois bien que i'en suis incapable,
Que tu perdrois ton temps, & que tes bons auis,
S'ils estoient escouteʒ, ils seroient mal suiuis;
Tu me consolerois, mais l'estat de ma vie,
T'en oste le pouuoir, en t'en donnant l'enuie;
Les Dieux en mon endroit se montrent si cruels,
Que ie n'espere rien du costé des mortels;
Climene tu fais bien de ne me pas contraindre,
A viure sans gemir, à mourir sans me plaindre;
Car si tu le faisois, ie croirois iustement,
Que tu ne prendrois part qu'à mes biens seulement;
Laisse, laisse mourir vn miserable Prince,
Qui voit tomber l'appuy, de toute sa Prouince,
Qui voit tout ce qu'il a de plus cher, de plus beau,
Enfin qui voit son fils si proche du tombeau.

CLIMENE.

Le desespoir sied mal, tant que quelque apparence,
Peut raisonnablement flatter nostre esperance;
Il est vray que le Prince à de rudes accez,
Ie consens que son mal se porte dans l'excez,
Qu'il souffre vne rigueur du tout demesurée,
Mais les maux violens ne sont pas de durée,
Et puis le Medecin qu'on attend aujourd'huy,

D

En l'oſtant de danger, vous tirera d'ennuy ;
Son nom vanté par tout , m'en promet bonne iſſuë.

SELEVQVE.

Ah que i'ay peur de voir voſtre attente deceuë,
L'art de tous les mortels , ne le peut ſecourir,
Il faut faire vn miracle afin de le guerir,
De tant d'hommes ſçauants, à qui ſon mal s'expoſe,
Pas vn iuſqu'à preſent n'en découure la cauſe,
Chacun me donne à part des auis differens,
Ils viennent tous Docteurs, & s'en vont ignorans.

CLIMENE.

Il faut eſperer mieux du braue Eraſiſtrate,
Mais quelqu'vn vient à vous.

SCENE II.

SELEVQVE, NICRATE, CLIMENE.

SELEVQVE.

QVe m'apporte Nicrate?
Es-tu le Meſſager de la mort de mon fils,
Viens-tu par ce raport terminer mes ſoucis,
Ne me fay pas languir, parle & ſois veritable?

NICRATE.

Sire, le Ciel vous voit d'vn œil plus fauorable,
Vous vous deffiez trop de la bonté des Dieux,
Ils ont ſur voſtre fils, & deſſus vous les yeux.

SELEVQVE.

Comment donc?

NICRATE.

Sa raiſon à repris ſon vſage,

D ij

Il ne voit plus la mer , il ne fait plus naufrage ,
Il iuge maintenant des objets comme ils font,
Et fon poulx ne va plus d'vn mouuement fi prompt.

SELEVQVE.

Ah tu me donnes plus , & de ioye & de gloire ,
Que fi tu m'annonçois le gain d'vne victoire,
Que fi tu m'efleuois fur tout le genre humain,
Que fi tu me mettois cent fceptres à la main :
Mon fils ce porte mieux ! Ah ie pafme de ioye,
Vn torrent de plaifirs me furprend & me noye,
Les Dieux en ce befoin, me daignent fecourir!
Ah ie ceffe de viure, en ceffant de mourir ;
Ces fouuerains du Ciel , m'ont encor en memoire!
L'ayfe que i'en reçoy m'empefche de le croire,
Et cet heureux fuccez me furprend tellement,
Qu'il fert comme d'obftacle à mon contentement.

NICRATE.

Si fur vn fimple auis , que mon deuoir vous donne,
A de fi grands tranfports voftre ame s'abandonne,
Si mes difcours ont pû vous rauir à ce point,
Que ne direz-vous pas, que ne ferez-vous point?
Et comment faudra-t'il que voftre ioye éclatte,
Alors que vous verrez paroiftre Erafiftrate,
Dont le rare fçauoir & la fidelité,

Vous mettront en repos, & le Prince en santé;
Sire, ie l'ay laiſſé dans la ſale prochaine,
Commandez que ie rentre, & que ie vous l'ameine.

SELEVQVE.

Va, cours, vole Nicrate, & reuole en ces lieux,
Ajouſte à ton diſcours, la preuue de mes yeux.
  Celeſtes Deitez, monſtrez voſtre clemence,
Où deuroit éclatter toute voſtre vangeance,
Apres auoir oſé murmurer contre vous,
Ie ſçay que ie merite vn traitèment moins doux;
Mais ſi vous regardez la faute que i'ay faite,
Regardez qui ie ſuis, regardez qui vous eſtes,
Songez que ie ſuis pere, & que i'ayme mon fils,
Que ſa mort m'euſt cauſé des tourmens infinis,
Et que vous ne pouuiez ouurir par cette atteinte,
Mon cœur à la douleur, ſans l'ouurir à la plainte.

SCENE III.

SELEVQVE, ERASISTRATE, NICRATE, CLIMENE.

SELEVQVE.

SAge et docte Vieillard, approchez vous de moy.

ERASISTRATE.

La Majesté des Roys imprime de l'effroy,
Et de tant de vertus l'esclat les enuironne,
Qu'il faut baisser les yeux aupres de leur personne.

SELEVQVE.

Haussez-les hardiment, & lisez sur mon front,
Le sentiment que i'ay d'vn seruice si prompt,
La distance de lieux, la saison, & vostre âge,
Pouuoient vous dispenser de ce facheux voyage.

ERASISTRATE.

Lors qu'il est question de donner du secours,

A ceux à qui le sceptre assujettit nos iours,
Lors que le mal s'attaque à des ames si belles,
Sire, les Medecins doiuent auoir des ailes.

SELEVQVE.

Vostre bouche m'apprend par ce noble propos,
Que vostre cœur conçoit des vœux pour mon repos,
Et que mon fils vaincra le mal qui le possede,
Si le Ciel seulement laisse agir le remede.

ERASISTRATE.

En ce cas ie promets à vostre Majesté,
De remettre bien-tost Anthioche en santé.

SELEVQVE.

Si vous effectuez ce discours qui me flatte,
Vous n'obligerez pas vne personne ingratte;
I'achette les bien-faits.

ERASISTRATE.

Ie trouue mon loyer,
Dans l'honneur qu'vn grand Roy me fait de m'em-
ployer.

SELEVQVE.

Ie sçay mieux reconnoistre vn zele sans exemple,
Ie vous promets vn bien, plus solide et plus ample.

ERASISTRATE.

Grand Prince espargnez-moy.

SELEVQVE.

Vous ne m'espargnez pas.

NICRATE.

Vne autre chose encor ameine icy mes pas,
On découure du port à fort peu de distance,
Vingt ou trente Vaisseaux de superbe apparence,
Que le vulgaire prend, en les voyant si beaux,
Pour autant de Citez flottantes sur les eaux;
I'ay creu de mon deuoir de venir vous le dire.

SELEVQVE.

Mon sang à ce raport se glace & se retire,
La peine où tu me mets est sans comparaison,
I'ay peur d'vne surprise & d'vne trahison;
Ie crains que ces Vaisseaux ne m'annoncent la guerre,

Et

Et que l'eau ne les iette armez deſſus ma terre.

CLIMENE.

Ces ſuperbes Vaiſſeaux qui font voile en Damas,
Portent eſcrit l'amour, & la paix ſur leurs mats,
Vn certain mouuement me ſuggere & m'inſpire,
Que c'eſt le Roy Meſſape, et l'Infante Thamire.

SELEVQVE.

Que les bons Conſeillers ſont vtiles aux Rois,
Cher Climene ie vy, mais ſans vous ie mourois,
La triſteſſe où mon ame eſtoit enſeuelie,
M'empeſchoit de ſonger au Roy de Theſſalie,
Et la peur de loger chez moy mes ennemis,
Me faiſoit oublier l'Hymen que i'ay promis;
Voſtre auertiſſement me le met en memoire,
Les Vaiſſeaux que l'on voit ſont chargez de ma
   gloire,
Ie craignois l'ennemy, mais ie reconnois bien,
Qu'vn amy vient lier ſon ſceptre auec le mien:
C'eſt ſans doute Meſſape, et la belle Thamire,
Que mon fils croyoit voir tantoſt dans vn Natire,
C'eſt elle qu'il cherit, il la poſſedera,
Elle la fait malade, elle le guerira;
Mais auant que leur flotte ait pris terre au riuage,
Où les Dieux s'il leur plaiſt la rendront ſans dómage,

Anicrate. *Allez, auec mes gens deſſus le bord de l'eau,*
Vous leur ſerez eſcorte au ſortir du Vaiſſeau;
Vous Climene ayez ſoing de la ſanté du Prince,
Rendez ce bon office à toute la Prouince,
Menez Eraſiſtrate en ſon appartement,
Peu de temps differé par fois nuit grandement:
Moy, ie rentre au Palais, pour auertir la Reine
Du bon-heur impreueu que l'onde nous ameine.

SCENE IV.

STRATONICE, LEOFONIE.
LEOFONIE.

LE Roy ſort, contentez mon zele & mes deſirs.

STRATONICE.

Puis que tu veux ſçauoir mes ſecrets déplaiſirs,
Entend, non n'entend pas; Leofonie approche,
Mets la main ſur mon cœur, & parle d'Antioche,
Tu connoiſtras aſſez au nom de ce vainqueur,
L'incroyable tourment dont ie ſens la rigueur;
Tu ſçais, ouy tu le ſçais, tes yeux te l'ont peu dire,
Que ſon maintien rauit, que ſon viſage attire,

Et qu'on remarque en luy, tout malade qu'il est,
Vne complexion qui contente & qui plaist,
Tu le sçais, ie le sçay, personne ne l'ignore,
Iuge la qualité du mal qui me deuore,
Donne ton iugement de mon infirmité,
Et ne m'afflige pas en mon aduersité :
Tu peux auec raison t'offencer de ma flâme,
Mais respecte celuy qui l'allume en mon ame,
Ne me condamne pas, ou condamne les Dieux,
Et la Nature aussi qui m'ont donné des yeux ;
Sur tout, soit que ton cœur approuue ma deffaite,
Soit qu'il la desauoüe, il faut estre secrette,
Ie t'en coniure au nom d'Antioche & de moy,
Ne porte pas mon crime aux oreilles du Roy,
Ne luy declare point mon ardeur insensée,
Et que mesme ton cœur la taise à ta pensee.

LEOFONIE.

Mon silence en ce cas surpassera vos vœux,
Ne croyez pas pourtant que i'approuue vos feux,
Ils sont trop criminels, & trop illigitimes,
Où sont ces sentimens, & ces vertus sublimes,
Où sont, où sont enfin ces resolutions,
De ne faire iamais de lasches actions ?
Estre Amante du fils, & l'espouse du pere,
Ah ie ne puis parler, et ie ne me puis taire !
Engager sa parole, & puis la violer,

Ah ie ne me puis taire, & ie ne puis parler,
Madame songez, y.

STRATONICE.

Songes y bien toy-mesme,
Et tu prendras pitié de ma douleur extréme,
Songe que c'eſt vn Dieu qui me vient aſſaillir,
Vn Dieu peut-il manquer, vn Dieu peut-il faillir?
Ne blame point l'ardeur dont mon ame eſt atteinte,
Puis qu'vn Dieu me l'inſpire, il faut qu'elle ſoit
*   ſainte,*
Puis qu'vn Dieu me l'enuoye, il la faut receuoir.

LEOFONIE.

Reſiſtez luy Madame.

STRATONICE.

Il a trop de pouuoir.

LEOFONIE.

Vous vous deffendez mal.

STRATONICE.

Ie me ſuis deffenduë.

LEOFONIE.

Oppofez la raifon.

STRATONICE.

Elle eft defia renduë.

LEOFONIE.

Oyez parler l'honneur.

STRATONICE.

Ie fuis fourde à fa voix,
Ie ne l'efcoute plus.

LEOFONIE.

Entendez donc les loix.

STRATONICE.

Les loix n'obligent pas ceux qui les peuuent faire,
Tu n'as qu'à repliquer, fi tu veux me déplaire,
Ie cheris mon tourment, laiffe le moy fouffrir,
Tu pourrois l'augmenter en voulant l'amoindrir,
I'ayme, & ie veux aymer; mais qui ? C'eft Antioche,

Pleuſt au Ciel que mon cœur fut de bronze ou de roche,
Que ie fuſſe inſenſible à ſes charmans appas,
Ie l'ayme le cruel, & luy ne m'ayme pas,
Il porte ſes deſirs dedans la Theſſalie,
Où mon mauuais deſtin permettra qu'il s'allie :
Mais......

LEOFONIE.

Vous n'acheuez pas.

STRATONICE.

Mais vn meſme flambeau,
Mettra ſon corps au lict, & le mien au tombeau ;
Quelque grande amitié que Seleuque me porte,
S'il m'embraſſe iamais il m'embraſſera morte.

LEOFONIE.

Comment, vne Princeſſe à ce point s'oublier !
Se plaire en ſes defauts iuſqu'à les publier ?
Vne puiſſante Reine, en vn mot Stratonice,
Viure honteuſement, faire vertu du vice !
Ah, veritablement, ie n'y puis conſentir,
C'eſt trop bleſſer ſon ſang, & trop le démentir,
C'eſt trop degenerer de ſes braues anceſtres ;
N'eſcoutez plus l'amour, ſes conſeils ſont des traitres,
N'eſcoutez plus l'amour, ſi vous aymez l'honneur,

N'escoutes plus l'amour, car c'est vn suborneur :
Voyez, voyez desia, comme il vous a trahie,
Vous aymez vn objet, dont vous estes haye,
Antioche entretient vostre amoureux soucy,
Vous demandez son cœur, il ne l'a plus icy ;
Thamire le possede, il n'en est plus le maistre ;
Vous ay-ie assez montré que l'amour est vn traitre ?
Vous ay-ie assez fait voir que ce n'est qu'vn trompeur,
Vn esclair, vn fantôme, vn songe, vne vapeur,
Vous reste-t'il encor quelque legere flame,
De cet embrasement qui ruinoit vostre ame ?
Ces feux pernicieux ne sont-ils pas esteins,
Contre vne vaine amour mes conseils sont-ils vains ?
La raison a parlé, l'auez vous escoutée ?

STRATONICE.

Chere Leosonie, elle m'a surmontée,
Ie connois maintenant l'erreur où i'ay vescu,
Mon esprit est vainqueur, alors qu'il est vaincu,
Amour n'est plus sinon qu'vn tyran que ie braue,
Ie suis libre à present, & i'en fay mon esclaue ;
Il est dedans mon cœur, ie l'y veux estouffer,
Il y perdra la vie, au lieu d'y triompher ;
Mon honneur, & mon rang, ma foy, ma renommée,
Font pour le surmonter vne puissante armée,
Tous conspirent sa perte, & tous d'vn mesme accord,
Pour vn pareil dessein, font vn pareil effort ;

Mon honneur le furprend, mon rang donne l'alarme,
Ma foy me le foumet, mon renom le defarme;
Ie tire ma raifon des outrages foufferts,
Il tafchoit de me perdre, & c'eft moy qui le pers:
Ie pers pareillement la memoire du Prince,
Pleuft aux Dieux que iamais ie ne m'en reffouuince,
Ie voudrois de mon cœur effacer fon pourtrait,
Que dis-ie ie voudrois, il eft defia deffait;
Ie me ry de l'amour, & des traits qu'il décoche,
Ie brule pour Seleuque, & non pour Antioche;
Il vient, Leofonie, abandonnons ce lieu,
Cedons à ce mortel, pour furmonter vn Dieu.

LEOFONIE.

Vous gaignez, en fuyant vne belle victoire.

SCENE V.

SCENE V.

ANTIOCHVS seul.

NE me trompez vous point, mes yeux vous dois-
    ie croire?
Est-ce elle que i'ay veuë, est-ce elle qui me fuit?
Ouy, mais c'est vainement, puisque mon cœur la suit;
Quelque endroit où mes feux chassent cette cruelle,
Si mon corps en est loing, mon ame est auprès d'elle;
Et i'admire en cecy la puissance d'amour,
Qui me rauit mon ame, & me laisse le iour;
Plus heureux mille fois si ie perdois la vie,
Puisqu'elle est et sera, de tant de morts suiuie;
Aymer sans esperance, esperer sans raison,
Détester ma franchise, adorer ma prison,
Paroistre tousiours froid, & n'estre que de flames,
Ce sont là les bourreaux, qui déchirent mon ame,
Ce sont là les Vautours, qui deuorent mon cœur,
Ce sont là les tourmens dont ie sens la rigueur:
Vien Reine sans pitié, vien femme inexorable,
Vien cruelle, non pas pour m'estre secourable;
Mais vien pour contempler vn mal-heureux Amāt,

Qui veut par son trespas t'apprendre son tourment;
Car n'attens pas enfin, que ma langue trahisse
Ce cœur, qui veut celer qu'il ayme Stratonice;
Ie l'ay dit vne fois, ie ne le diray plus,
Ie ne vay pas deux fois demander vn refus :
Tu blamas mon amour quand ie la fy paroistre,
Au lieu de la loüer, & de la reconnoistre,
Et si ie n'eusse vsé de prompte inuention,
Le mépris eust suiuy la reprehension ;
Ne crains point desormais que ie t'en importune,
Ne crains point de sçauoir ma mauuaise fortune,
Ie veux souffrir pour toy, sans te dire mon mal,
Ie veux t'aymer, & voir mon pere mon riual,
Enfin ie veux mourir pour toy, sans te le dire;
C'est le dernier conseil que ta beauté m'inspire.

Fin du deuxiesme Acte.

ACTE III.
SCENE I.

MESSAPPE, SELEVQVE.

MESSAPPE.

Apres auoir long-temps enduré sur la mer,
Les caprices frequens, & de l'onde & de l'air,
Apres auoir long-temps suporté leur furie,
Leur rage ou leur pitié m'a conduit en Syrie,
Où veritablement ie trouue tant d'appas,
Que ie pense estre au Ciel, que d'estre dans Damas;
Mais t'admire bien-fort, comme a mon arriuée,
Tout le peuple a crié d'vne voix esleuée;
Le voicy ce grand Roy, si long-temps souhaitté,
Pour le salut du Prince & pour la liberté,
N'attendons plus du sort que des succez prosperes,
Le sceptre n'ira pas en des mains estrangeres:
Ce Monarque est puissant, & son heureux abord,
Releue la Couronne, & luy sert de suport:

F ij

Ie prierois volontiers voſtre grandeur Royale,
De m'expliquer icy ceſte voix generale ;
Car ie ne penſe pas ſelon mon iugement,
Pouuoir vous apporter aucun ſoulagement,
Quelque acclamation où le peuple s'emporte,
Vous ſupportez bien ſeul le throne qui vous porte.

SELEVQVE.

Seigneur, dites plutoſt, que ſi ce n'eſtoit vous,
Ie tremblerois deſſus, ou gemirois deſſous :
Mon peuple qui connoiſt la foibleſſe du Prince,
A peu dit, en diſant l'appuy de ma Prouince ;
Il deuoit vous nommer, ſa paix, ſon protecteur,
Son Ange tutelaire, et ſon liberateur
Si le flus de la mer euſt tardé dauantage.
A pouſſer vos Vaiſſeaux deſſus noſtre riuage,
Voſtre eſpoir euſt trouué dans le port vn écueil,
Ie veux dire Antioche, ou moy dans le cercueil.

MESSAPPE.

Comment cela Seigneur ?

SELEVQVE.

Helas le dois-ie dire,
A ce reſſouuenir ma douleur deuient pire,

Ie sens mille poignards qui me percent le cœur.

MESSAPPE.

Qu'est-ce donc, c'est assez me tenir en langueur.

SELEVQVE.

Vous auiez & i'auois choisi ceste iournée,
Pour ioindre nos Estats par vn double Hymenée;
Car i'attendois tousiours l'abord d'vn si grand Roy,
Pour accomplir l'Hymen de mon fils & de moy :
Mais le Ciel ou l'Enfer, contraire à mon enuie,
Comme s'il enuioit le bon-heur de ma vie,
Ou comme s'ils estoient nos communs ennemis,
Ils ruinent, grand Roy, la santé de mon fils.

MESSAPPE.

O que vous m'apprenez vne triste nouuelle,
Qu'elle est sa maladie, & d'où procede-t'elle ?

SELEVQVE.

C'est qu'il ayme Thamire, & son mal vient d'amour,
Il a creu luy parler, et la voir tout le iour;
Iusqu'à s'imaginer que sa nef vagabonde,
Flottoit abandonnée à la mercy de l'onde,
Qu'elle estoit engagée entre mille rochers,

F iij

Où les vents la pouſſoient en dépit des Nochers.

MESSAPPE.

Cela nous monſtre bien, que tout Rois que nous ſõmes,
Nous viuons icy bas comme les autres hommes;
Et que les Immortels par leurs ſecrets reſſorts,
Affligent les eſprits auſſi bien que les corps;
Mais perſeuere-t'il dedans cette creance?

SELEVQVE.

Grace au Ciel, il eſt hors de cette extrauagance,
Son œil n'eſt plus trompé par ces illuſions,
Ny ſon ame égarée en ces confuſions;
De ſorte que ie croy qu'à l'aſpect de Thamire,
Sa ſanté reuiendra comme ie la deſire;
Vn de ſes doux regards eſt aſſez ſuffiſant,
D'alleger la douleur qu'il endure à preſent,
Elle porte en ſes yeux, ſon mal & ſon remede.

MESSAPPE.

La voicy qu'elle vient, diſons luy qu'elle l'ayde.

SCENE II.

MESSAPPE, SELEVQVE, THAMIRE,
STRATONICE.

MESSAPPE.

Vous n'estes pas ma fille à sçauoir que le Ciel,
Chãge en dueil nostre ioye, et nos douceurs en fiel;
La tristesse qu'on voit sur le front de Madame,
A peu sans ses discours en instruire nostre ame;
Ie n'entreprend donc point de vous dire vn mal-heur
Qui me ferme la bouche & qui m'ouure le cœur;
Car si-tost que ie pense au sort qui nous trauerse,
Ie sens en cet endroit vn poignard qui me perce,
Ce qui me reste donc à vous faire sçauoir,
C'est vn triste accident où vous deuez pouruoir:
Antioche languit dedans l'impatience,
De vous dire son mal, qui naist de vostre absence,
Secourez-le Thamire, & ne rougissez pas,
D'offrir à son amour vous mesme vos appas;
Vous le deuez, ma fille, & ie vous y conuie.

THAMIRE.

Sire i'accompliray de tout point voftre enuie.

MESSAPPE.

Nous l'allons confoler dedans fon defefpoir,
Ne tardez pas beaucoup à vous y faire voir.

THAMIRE.

I'ay trop de paffion pour eftre pareffeufe.

SELEVQVE.

Que vous eftes charmante, aymable, officieufe,
Quand l'efprit de mon fils auroit quitté fon corps,
Ie croy qu'il reuiendroit pour voir tant de trefors.

SCENE III

SCENE III.

THAMIRE, STRATONICE.

THAMIRE.

VRayement vous m'eſtonnez, quoy ? qu'Antioche
ſente,
Pour vn objet abſent, vne ardeur ſi preſente ?
C'eſt ſans doute vn effet du tout prodigieux,
Qu'il adore vn objet que n'ont pas veu ſes yeux ;
I'ay peine de le croire, & i'en fay du ſcrupule.

STRATONICE.

Mon ame, cache icy la flame qui te bruſle ;
Que voſtre eſtonnement diminuë en ce point,
Nous adorons les Dieux que nous ne voyons point ;
Les merueilles qu'on dit de ces hautes puiſſances,
Portent à les aymer nos baſſes connoiſſances,
Et celuy des mortels feroit mal ſon deuoir,
Qui pour les honnorer attendroit à les voir ;
Le recit qu'on a fait de vos bontez certaines,
Vos celeſtes appas, vos vertus plus qu'humaines,

*Elle dit
ce vers
à l'eſcart.*

G

Ont surpris Antioche, & voſtre ſeul renom,
Le porte à reuerer iuſques à voſtre nom;
Ce petit Dieu qui fait de ſi grandes merueilles,
S'eſt dedans ſon eſprit gliſſé par les oreilles,
Comme ſi par reſpect il euſt choiſi ces lieux,
A cauſe qu'il ſurprend les autres par les yeux:
C'eſt vous aſſeurément qui le rendez malade,
La raiſon vous le montre, & me le perſuade;
Quand le Roy voſtre pere enuoya par écrit,
L'hymen que l'on receut aux charges qu'il offrit;
Vous ſçauez qu'Idamon apporta voſtre image,
Afin qu'on vous connut au moins ſous vn ombrage,
Bien que l'on ne vous vit en ce petit tableau,
Que comme le Soleil lors qu'on le voit dans l'eau;
Vous ne laiſſates pas d'inſpirer de la flame
Dans le cœur d'Antioche, & de charmer ſon ame,
Mais auecques tant d'heur, que ce portrait fatal,
Le força doucement d'aymer l'original;
Depuis il s'eſt monſtré triſte, penſif, farouche.
Touſiours le nom d'amour & le voſtre à la bouche;
Enfin ſi fort épris de vos appas ſi doux,
Qu'il me parloit tantoſt, croyant parler à vous;
Iugez apres cela, s'il eſt vray qu'il vous ayme.

THAMIRE.

I'admire extrémement ſa paſſion extréme,
Et ie ne puis nonplus ne m'émerueiller pas,

De voir qu'vn grand cœur cede à de foibles appas.

STRATONICE.

Ie ne replique pas afin de vous complaire,
Mais vn miroir pourra vous montrer le contraire.

THAMIRE.

Voftre ciuilité vous fait parler ainfi.

STRATONICE.

Et voftre humilité vous fait refpondre icy.

THAMIRE.

Si ie fuis vaine aufsi, vous en aurez reproche.

STRATONICE.

Vuidons cè different par l'auis d'Antioche.

THAMIRE.

Il en iugera mal, s'il veut en iuger bien.

STRATONICE.

Tousiours son sentiment sera conforme au mien.

SCENE IV.

CLIMENE, STRATONICE, THAMIRE.

CLIMENE.

M Adame, au nom du Prince, oyez parler Climene,
Et tremblez au recit du suiet qui l'amene.

STRATONICE.

Qu'est-ce encor ! nos mal-heurs pires que le trépas,
N'ont-ils donc commencé que pour ne finir pas;
Climene exprime toy, ton silence me fasche,
Ie ne crains point d'ouyr ce qu'il faut que ie sçache?

CLIMENE.

I'obseruois Antioche en son appartement,

Où i'eſtois par le Roy commis expreſſement,
Et comme on ne peut voir ſon mal en ſon courage,
I'eſſayois de le voir au moins en ſon viſage;
Lors que s'appperceuant du deſſein que i'auois,
Conoy, dit-il, mon mal, & mon cœur en ma voix,
Aſſez & trop long-temps i'ay ſouffert ſans le dire,
Entend, fremy d'horreur, plains moy dãs mõ martyre:
Icy deux grands ſoupirs, trancherent ſon diſcours,
Mais peu de temps apres il en reprit le cours;
Dur renouuellement de ſes douleurs extrémes!
(Voicy ſes ſentimens & ſes paroles meſmes.)
  Cét inconnu poiſon qui rampe dans mes os,
Qui trouble ma raiſon, qui m'oſte le repos,
Ce noir & froid chagrin, cette humeur triſte & ſom-
  bre,
Qui me fait méconnoiſtre vn corps d'auec vn ombre,
Ce ſilence profond qu'on me voit obſeruer,
Ce deſir d'eſtre ſeul, & de touſiours reſuer,
Bref mon trépas certain qui met la Cour en armes,
Eſt le mortel effet de la force d'vn charme,
Tel, qu'hommes, Dieux, Demons, ne m'en ſçauroient
  guerir,
Ny moy le deſirer, ſans me faire mourir.

THAMIRE.

Déplorable Princeſſe, et mal-heureuſe Amante,
Apres ce que ie ſçay puis-ie reſter viuante?

STRATONICE.

Ie ne demande pas, ſi tu t'es informé,
Si le Prince connoiſt celuy qui la charmé.

CLIMENE.

Comme ie pourſuiuois cet important affaire,
Que ton Zele, a-t il dit, m'eſt funeſte & contraire,
Trop curieux amy, ſçache que ie ſuis mort,
Si ie viens à nommer qui m'a donné ce ſort ;
Le plus qu'il m'eſt permis au fort de mes ſouffrances
C'eſt de l'enuiſager ſous quelques apparences ;
Ainſi lors qu'il ſe montre, & qu'il veut m'eſmouuoir,
Cette aparition ſe fait dans mon miroir ;
Mais ne preſume pas que tout le monde voye,
Cet obſtacle puiſſant de mon bien de ma ioye,
La Reyne ſeulement peut repaiſtre ſes yeux,
D'vn accident ſi rare & ſi prodigieux :
Icy l'ame de crainte, & d'horreur agitée,
Il mit entre mes mains cette glace enchantée,

Obligeant mon deuoir par ſon commendement ;
De la venir remettre aux voſtres promptement,
Receuez-là, Madame, & s'il vous eſt poſſible,
Voyez y les effets d'vne cauſe nuiſible,
Découurez-y l'Autheur des troubles de la Cour,
Que ce traitre Enchanteur, enfin paroiſſe au iour.

Il luy preſente le miroir que tient vn page qui le ſuit.

STRATONICE tenant le miroir.

Ie n'y remarque point d'Enchanteur ny de charmes.

THAMIRE.

N'eſt-ce point que vos yeux, qui ſe fondent en larmes,
Sont ou trop languiſſans, ou trop craintifs pour voir,
L'horrible enchantement que cache ce miroir.

STRATONICE.

Peut-eſtre, mais, Madame, ayez aſſez d'audace,
Pour conſulter auſſi ceſte fatale glace;
Vos yeux qui n'ont pas moins de clarté que d'appas,
Verront en ce Criſtal ce que ie n'y voy pas.

THAMIRE.

Vous auriez iuſte droit de me croire inſenſée,
Si tant de vanité tomboit en ma penſee;
Puis que vous n'auez ſceu rien découurir icy,
Quoy que vous me flattiez, i'en pers l'eſpoir auſſi:
Mais pour vous teſmoigner combien ie vous reuere,
A ma confuſion, i'entreprend de vous plaire;
Donnez-moy, le ſuccez eſt tel que ie l'ay dit,
Tout m'arriue deſia comme ie l'ay predit:

Elles re-
gardent
enſemble
dans le
miroir.

Mes yeux pour voir vn charme, en vain font leur
   office,
Ie n'en apperçoy point que ceux de Stratonice.

STRATONICE.

Les voſtres ſe font voir auecque plus d'éclat,
Mais, Madame, il eſt temps de finir ce debat,
Plutoſt que ce miroir, conſultons Antioche,
Vn pas nous rend vers luy, ſa chambre eſt icy proche.

THAMIRE.

I'y mourray, ſi le Ciel exauce mes ſouhaits.

STRATONICE bas.

Acheuons de nous perdre, Amour ce ſont tes traits.

SCENE V.

SCENE V.

MESSAPPE, SELEVQVE, ANTHIOCHVS, ERASISTRATE.

MESSAPPE.

ADieu, consolez-vous, & reprenez courage,
Nous serions importuns d'estre icy dauantage.

SELEVQVE.

Adieu mon fils, adieu, demeurez en repos.

ANTIOCHVS sur son lict.

Visite surperfluë, inutile propos,
Rigoureuse pitié, vaine & dure tendresse,
Puis qu'elle accroist tousiours la douleur qui me presse,
Ce zele, cét amour, ces soins continuels,
Rendent fatalement mes tourmens plus cruels;
Vn pere qui prend part au mal qui me possede,
M'oblige d'en hayr & d'en fuir le remede.
    Vous qui prenez le soing de prolonger mes iours,

H

On tire la toile, Antiocus paroist dans sa Chambre sur vn lict & le Medecin aupres de luy.

Ils s'en vont.

Ce n'eſt pas de voſtre art que i'attens du ſecours,
Ce qui peut alleger mon ſupplice & ma peine,
Eſt par deſſus l'objet de la ſcience humaine,
Vous n'auez iamais veu de pareil accident,
Mon malheur eſt commun, & n'eſt pas euident,
Pluſieurs en ſont atteins, pas vn n'en perd la vie,
C'eſt à moy ſeulement qu'elle ſera rauie,
Le Ciel l'ordonne ainſi, rien ne peut l'empeſcher.

ERASISTRATE bas.

Il découure ſon mal en le voulant cacher.

ANTIOCHVS.

Mon mal-heur n'eſt pas tel qu'on ſe le perſuade,
Ce corps ſe porte bien, l'ame ſeule eſt malade,
I'ay du feu dans le cœur.

ERASISTRATE bas.

L'amour cauſe ſon mal.

ANTIOCHVS.

Mais ie fais en brulant, vn crime ſans eſgal.

ERASISTRATE bas.

Ce mot me met en peine.

SCENE VI.

STRATONICE, THAMIRE, ANTIOCHVS,
ERASISTRATE.

STRATONICE.

E Ntrez icy Madame.

ANTIOCHVS.

N'enten-ie pas la Reyne?

ERASISTRATE

Elle mesme.

ANTIOCHVS.

Ah ie pasme!
H ij

ERASISTRATE bas.

Quelle alteration se remarque en son poulx,
Il change de couleur!

STRATONICE.

     Seigneur consolez-vous,
Voicy ce doux objet, voicy cette Princesse,
Qui cause vos langueurs, qui fait vostre tristesse;
La voicy qu'elle vient alleger vos douleurs,
Estouffez vos souspirs, ne versez plus de pleurs,
Ou bien, si vous pleurez, pleurez d'aise & de ioye,
Et benissez le Ciel, du bien qu'il vous enuoye;
Elle dit *Et moy ie maudiray son iniuste pouuoir,*
ces deux *Qui m'inspire l'amour, & qui m'oste l'espoir.*
vers à
l'escart.

THAMIRE.

Grand Prince, s'il est vray que mon amour vous tou-
 che,
Faites que vostre cœur paroisse en vostre bouche,
Montrez en faisant treve auecques les souspirs,
Que mon esloignement causoit vos déplaisirs,
Que mon absence seule en estoit l'origine,
Et que ma seule veuë auiourd'huy les termine;
Disposez desormais de moy, comme de vous,

Et respirez vn air plus serein & plus doux;
Rompez vostre silence.

ANTIOCHVS.

Helas c'est vne extase,
Vne preuue, vn effet, de l'ardeur qui m'embrase,
Tant de contentemens m'accueillent à la fois,
Que ie pers au besoin l'vsage de la voix;
Mais les yeux suppléront au deffaut de la langue,
Escoutez-les Madame, il vous font leur harangue;
Ce sont des Orateurs qui ne déguisent rien,
Si vous daignez les voir, vous les entendrez bien;
Vn regard seulement vous peut faire comprendre,
Ce qu'vn discours d'vn iour ne pourroit vous ap-
*   prendre;*
Leur langage muet à qui l'entend vn peu,
Met des pleurs au dehors, pour exprimer du feu;
Considerez-moy donc, voyez couler mes larmes,
Et iugez de l'ardeur que m'inspirent vos charmes:
Ah ie vous en dy trop, car i'ay iuré les Dieux
De n'en parler iamais que du cœur & des yeux;
Ouy ie les ay iurez, & leur pouuoir supréme,
De ne dire iamais, Madame, ie vous ayme.

Il se tour-
ne à Stra-
tonice.

H iij

THAMIRE.

Vous l'aymez ?

ANTIOCHVS.

Ie l'adore.

THAMIRE.

Elle ?

STRATONICE.

Madame.

ANTIOCHVS

Non.

THAMIRE.

Stratonice.

STRATONICE.

Rien moins.

ANTIOCHVS.

Thamire, c'est son nom.

STRATONICE.

Reconnoissez-là donc, ie ne suis pas Thamire,
Découurez-luy vos feux, au lieu de me les dire,
C'est elle, & non pas moy, qui vous les a causez.

ANTIOCHVS.

Vous n'estes pas Thamire ! Ah Madame excusez,   A Tha-
C'est que vos doux appas, c'est que vostre presence,   mire.
M'apporte tant de gloire & de reiouyssance,
C'est qu'estant tout en vous, ie suis si hors de moy,
Que ie pense vous voir en tout ce que ie voy ;
Si ie ne dy plutost, en faueur de ma flame,
En faueur du sujet qui l'allume en mon ame,
En faueur de mon zele extréme & sans pareil,   Ils se
Que ie suis éblouy si pres de mon Soleil.   tourne à
                                                       Stratoni-
                                                       ce.

ERASISTRATE bas.

Stratagéme d'Amour.

THAMIRE.
Si i'ay quelque lumiere.

C'est de vous seulement qu'elle vient toute entiere ;
N'avoir sceu penetrer le miroir enchanté,
Est vn signe évident de cette verité.

ANTHIOCHVS.

Ah!

STRATONICE.

N'auez-vous pas veu dans cette claire glace,
Les charmes merueilleux de vostre bonne grace ;
Vous imaginez-vous que s'en soient d'autres qu'eux
Qui fassent soupirer ce discret amoureux?

THAMIRE.

Son merite infini me fait douter s'il m'ayme.

STRATONICE.

Vous le sçaurez, Madame, et de sa bouche mesme,
Seigneur, Mais d'où luy vient cet assoupissement?

ERASISTRATE.

Ne vous estonnez pas, c'est vn rauissement,
Ie connois à peu pres d'où vient sa maladie,
Souffrez que ie sois seul, & que i'y remedie.

THAMIRE.

THAMIRE.

Volontiers.

ERASISTRATE.

Cependant, priez les Immortels.

STRATONICE.

Nous allons de ce pas visiter leurs Autels;
Mais que puis-ie implorer de leur pouuoir celeste,
Si comme son trépas, sa santé m'est funeste,
Fidelité, deuoir, honneur, amour, raison,
Prieray-ie pour sa mort, ou pour sa guerison.

Elle fait passer Ta-mire la premie-re, puis elle dit ces qua-tre ves.

SCENE, VII.

CLIMENE, ERASISTRATE, ANTIOCHVS.

CLIMENE.

NE puis-ie auoir l'honneur d'entretenir le Prin-ce?

I

ERASISTRATE.

Il repose à present.

CLIMENE.

Il m'a dit que ie vinsse,
Et i'ay dressé mes pas en cet appartement,
Afin de satisfaire à son commandement.

ERASISTRATE.

Monsieur parlons plus bas de crainte qu'il s'éueille.

ANTIOCHVS en réuant.

Ne flechiray-ie point sa rigueur sans pareille,
Et iamais mes souspirs ne pourront-ils toucher,
Ce cœur impitoyable, ou plutost ce rocher!

CLIMENE.

Il ne sommeille plus, souffrez que ie m'approche.

ANTIOCHVS.

Au moins belle inhumaine, éuitez le reproche,
Ne donnez pas sujet à la posterité,

De dire, sa vigueur égaloit sa beauté.

ERASISTRATE.

Monsieur, n'auancez pas, le Prince dort encore.

CLIMENE.

Il parle.

ERASISTRATE.

C'est qu'il resue.

ANTIOCHVS.

Ingratte que t'adore,
Indigne objet des vœux d'vn si fidelle Amant,
Insensible pour qui t'ay tant de sentiment ;
Reyne sans amitié, cruelle Stratonice,
Puis qu'il faut que ie meure, ordonnez mon supplice.

ERASISTRATE bas.

Ces mots ont mes soupçons tout à fait éclaircis,
Que Seleuque est à plaindre aussi bien que son fils.

ANTIOCHVS éueillé.

Enfin i'ay diſſipé ces importuns atômes,
Qui font voir en dormant mille diuers fantômes,
Et qui repreſentant les objets qu'on a veus,
Nous font entretenir de ceux qui nous ont pleus:
Mais ou ie reſue encor, ou i'apperçoy Climene?

CLIMENE.

Monſeigneur.

ANTIOCHVS

Ie ſçay bien le ſujet qui t'ameine;
De grace eſloignez-vous.

ERASISTRATE.

Ah mon Prince!

Eraſiſtra-
te s'enva.

ANTIOCHVS,

Il ſuffit,
Approche, parle bas, et bien qu'a-t'elle dit,
As-tu bien exprimé le mal-heur de ma vie?

CLIMENE.

I'ay Seigneur en ce point surpassé vostre enuie;
Et sans exaggerer vostre sort rigoureux,
I'ay tiré des soupirs de son cœur genereux.

ANTIOCHVS.

Ie puis donc esperer cet honneur de ma Reine,
Que puis qu'elle a daigné soupirer de ma peine,
Que ses yeux où l'amour allume son flambeau,
Ne refuseront pas des pleurs à mon tombeau ;
Ainsi iamais ma mort ne peut-estre qu'heureuse,
Ainsi mes iours n'auront qu'vne fin glorieuse :
Mais tu ne m'apprends rien de ce miroir fatal ?

CLIMENE.

Stratonice n'a sçeu penetrer son cristal.

ANTIOCHVS.

Doncques ses deux beaux yeux, tousiours remplis de
    flames,
Qui penetrent les cœurs, qui consument les ames;
Doncques ces deux Soleils n'ont pas eu le pouuoir,
De fondre à leurs rayons la glace d'vn miroir !
Donc il faut que ie verse incessamment des larmes,
                                                I iij

Et que ie fois touſiours tourmenté par des charmes.
Mais ne ſeroit-ce point que la timidité
A deſtourné ſes yeux du miroir enchanté ?

CLIMENE.

Rien moins.

ANTIOCHVS.

Elle a donc veu . . . . .

CLIMENE.

Rien du tout dauantage,
Que les charmes diuins qui ſont en ſon viſage.

ANTIOCHVS.

Climene
ſe retire.
Climene c'eſt aſſez, retire-toy d'icy ;
Que ſes charmes diuins ! & ce ſont eux auſſi,
Ouy ce ſont ſes appas, qui font que ie ſoupire,
Sa beauté ſans pareille, entretient mon martire,
Ses yeux ſont les auteurs des rigueurs de mon ſort,
Ils ſont mes enchanteurs, mon ſupplice, & ma mort,
Eux ſeuls me rendent triſte, à iamais miſerable,
A moy-meſme ennuyeux, à tous inſuportable ;
Pour eux ſeuls ie languis, & pour eux ſeuls ie meurs,
Enfin ie ne ſens point de charmes que les leurs,

Mais pour voir mon mal-heur, ils manquent de lu-
    miére,
Ces Astres ont perdu leur vertu coustumiere,
Il ne connoissent pas la puissance qu'ils ont,
De peur de secourir les mal-heureux qu'ils font:
I'esprouue leur rigueur ! et pourtant ie les ayme,
La contrainte où ie vy, n'est elle pas extrême,
Et mon aueuglement n'est-il pas bien fatal,
De souhaitter du bien à qui me fait du mal?
Ah mon ame, ah mon cœur, imitez Stratonice,
Viuez indifferens, n'aymez que par caprice,
Elle a peu de tendresse, ayez peu d'amitié,
Et soyez sans amour, comme elle est sans pitié:
Mais cela ne ce peut, Stratonice est trop belle,
Mon cœur à ce propos contre moy se rebelle,
Et mon ame commence à ne plus m'animer,
Depuis que ma raison luy deffend de l'aymer;
Ayme donc, Antioche, ayme sa tyrannie,
Cheris infiniment, sa rigueur infinie,
Que toute ta foiblesse éclatte en cet effort,
De peur que tu ne sois coupable de ta mort.

                Fin du troisiesme Acte.

ACTE IV.

SCENE I.

CLIMENE, ERASISTRATE.

CLIMENE.

TEllement que les Dieux menaçent la Prouince
D'esbranler son repos par la cheute du Prince,
Tellement que vostre art ne sçauroit balancer,
Ce foudre que leurs mains sont prestes à lancer ;
Que deuiendra Seleuque à ce rapport funeste,
Ne bannira-t'il pas la raison qui luy reste ;
Pourra-t'il escouter la mienne en ce mal-heur ,
Et ne mourra-t'il pas de rage et de douleur.
Prudent Erasistrate , en qui l'experience,
Assemble ses secrets à ceux de la science;
Conseruez le renom que vous auez acquis,
Faites viure Seleuque, en guerissant son fils :
Aux hommes comme vous , il n'est rien impossible.

ERASISTRATE.

ERASISTRATE.

Le sort en sa rigueur est par trop inflexible,
Et lors qu'il a conclu le trespas de quelqu'vn,
L'ayde des Medecins & du vent, c'est tout vn.

CLIMENE.

O deplorable fils, ô pere inconsolable!

ERASISTRATE.

La pitié ne rend pas leur destin plus traittable;
Et nous pourrions tous deux nous noyer dãs nos pleurs,
Sans finir pour cela le cours de leurs douleurs;
Puis que c'est fait du Prince, & qu'on le desespere,
Il est bon d'essayer d'y resoudre son pere,
De luy representer qu'il n'est rien icy bas,
Qui puisse s'affranchir des horreurs du trépas,
Que la mort, sans respect dispose des personnes,
Qu'elle met la houlette, en l'ordre des Couronnes;
Enfin, que c'est en terre vn Arrest general,
Qui condamne le Prince ainsi que le vassal.

CLIMENE.

Il sera plus émeu que s'il sentoit la foudre,
A quoy m'obligez-vous?

K

ERASISTRATE.

Il faut vous y resoudre,
Puisqu'il est asseuré qu'vn mal-heur est plus grand,
Et plus mortel encor, alors qu'il nous surprend.

CLIMENE.

Ie m'en le vay trouuer, mais auecques l'enuie
De perdre auparauant la parole & la vie.

ERASISTRATE.

Il dit seul
ces trois
vers.

Ie vous suiuray de prés, auec intention
De poursuiure le cours de mon inuention ;
D'elle dépend la vie, ou la mort d'Antioche ;
Mais ou mon œil se trompe, ou la Reine s'approche.

SCENE II.

STRATONICE, LEOFONIE.

STRATONICE.

DY moy, Leofonie, est-ce trahir mon sang,
Est-ce blesser ma gloire & déchoir de mon rang,
N'est-ce pas un effet d'une ame genereuse,
D'esteindre en sa naissance une flame amoureuse,
De fuir & de hayr un plaisir souhaitté,
Et d'armer sa raison contre sa volonté ?

LEOFONIE.

C'est la marque en effet d'une force infinie.

STRATONICE.

I'ay bien plus fait encor, chere Leofonie ;
I'ay veu comme l'objet de mon auersion,
Celuy de mon amour & de ma passion ;
Et pour faire paroistre une vertu Royale,
Aux yeux de mon Amant, i'ay loüé mariuale,

K ij

C'est moy qui l'ay conduite en son appartement,
Et qui les ay priez de s'aymer tendrement.

LEOFONIE.

Ah que ceste action merite de loüanges.

STRATONICE.

Qu'amour est absolu, que ses coups sont estranges,
Ie croyois sans effort me tirer de ses fers,
Et ie meurs en pensant à ceux que i'ay soufferts ;
Forme-toy des tourmens, figure-toy des peines,
Pires que le trépas & qui soient moins humaines,
Assemble tous les maux qu'on peut imaginer,
Et dont le penser seul pourroit assassiner ;
Toutes ces cruautez & ces rigueurs vnies,
Sont de ce fier tyran les moindres tyrannies ;
Ce ne sont que des fleurs qu'il fait bon odorer,
A l'esgard des douleurs qu'il m'a fait endurer ;
Les cordeaux, le poison, la faim, le fer, la flame,
N'affligent que le corps, il m'a bourrelé l'ame ;
Il a gesné mon cœur en cent mille façons,
Tantost dans des brasiers, tantost dans des glaçons ;
Si i'opposois l'honneur il proposoit des charmes,
Il m'offroit des plaisirs, si ie versois des larmes ;
Si bien que mon esprit, & que mes appetis,
Ont balancé long-temps entre ces deux partis :

Mais à la fin l'honneur a gagné la victoire,
Antioche n'a plus de place en ma memoire ;
Seleucus me possede, & ce Roy glorieux,
Arreste en ses vertus mon esprit et mes yeux ;
Tu vois qu'il a fallu que ie me sois trahye ;
Tu vois qu'il a fallu que ie me sois haye ;
Crois-tu que cet effort puisse partir d'vn cœur
Où la vertu languit sans force & sans vigueur ;
Le crois-tu ?

LEOFONIÉ.

Nullement, ie m'asseure au contraire,
Qu'il passe le pouuoir d'vn courage ordinaire,
Et qu'vn autre que vous dans vn pareil danger,
Eust aymé mieux perir que de s'en dégager.

STRATONICE.

Tu t'en peux asseurer, car il est veritable,
Ie ne me vy iamais en vn trouble semblable ;
Mes yeux estoient d'accord auec mes autres sens,
D'abandonner mon cœur à des charmes puissans ;
Ma raison d'autre-part, plus fidelle & plus forte,
Deffendoit hautement d'en vser de la sorte ;
Ce n'estoient que combats, ce n'estoient que discors,
L'esprit contre disoit aux sentimens du corps......

K iij

LEOFONIE.

Madame, le Roy vient.

SCENE III·

SELEVQVE, STRATONICE, LEOFONIE.

SELEVQVE.

A quoy songe la Reyne,
Soupire-t'elle icy nostre commune peine,
S'entretient-t'elle icy de nos mauuais destins,
A trauerser nos vœux obstinez, et mutins ;
La crainte d'augmenter ma douleur par la sienne,
Luy fait-elle cacher sa tristesse à la mienne?
Ah cette belle bouche, & ces yeux abaissez,
En ne m'en disant rien m'en asseurent assez.

STRATONICE.

Puis que ie vous apprens mesme par mon silence,
Des ennuis que ie sens l'extréme violence,
Il me sieroit fort mal de vouloir persister,

À vous celer encor ce qui peut m'attrifter ;
Ouy, Sire, ie prens part au mal-heur d'Antioche,
Ie reffens tous les traits que le Ciel luy décoche,
S'il endure beaucoup, ie ne fouffre pas moins,
Les Dieux en font autheurs, les Dieux en font tef-
     moins ;
Vous cheriffez ce fils à l'égal de vous mefme,
Vous l'aymez tendrement, c'eft ainfi que ie l'ayme,
Iufques à voir mes ans precipiter leur cours,
Vers l'eternelle nuit où s'encline fes iours,
S'il meurt, ie ne croy pas que ie puiffe plus viure.

SELEVQVE.

Ce difcours m'eft facheux, ceffez de le pourfuiure,
C'eft me tyrannifer que de parler ainfi ;
Prenez part à ma ioye, & non à mon fouci ;
Quelques rudes que foient les tourmens que i'endure,
De voir inceffamment mon fils à la torture,
Quoy que fon mauuais fort m'afflige eftrangement,
L'afpect de vos beautez me donne allegement,
Aupres de vos appas mes ennuis fe diffipent,
Vos yeux ont des douceurs que mes maux participent ;
Ma trifteffe fe paffe, alors que ie vous voy,
Et ie ne gemis plus pour mon fils ny pour moy,
Ie me fens trop heureux.....

STRATONICE.

Loing de la complaisance,
Vostre douleur s'accroist plutost en ma presence ;
L'amour que vous portez au Prince vostre fils,
Ne peut en m'approchant esloigner vos soucis.

SELEVQVE.

Princesse où la vertu se fait voir toute pure,
Estimez-vous vos yeux moins forts que la nature?
Non, non, vous & mon fils, n'en doutez nullement,
Vous partagez tous deux mon cœur également ;
L'amitié de tous deux tient mon ame asseruie,
Vous perdant, ie perdrois la moitié de ma vie ;
Ie serois demy mort en le perdant aussi,
Bref, sans vous & sans luy ie ne puis viure icy ;
Mes destins à vos iours ont attaché ma trame,
Antioche est mon cœur, Stratonice est mon ame,
Ouy vous estes mon ame (adorable beauté)
Faites donc que le iour ne me soit pas osté ;
Empeschez, empeschez, que ce mal-heur m'arriue,
Vnissez-vous à moy, permettez que ie viue,
Souffrez qu'vn Sainct hymen, par ses sacrez accors,
Assemble à cet effet mon ame auec mon corps ;
Mon amoureuse ardeur en respect sans égale,
A trop long-temps souffert le tourment de Tantale ;

I'ay vécu, i'ay vécu, trop long-temps dans le feu,
Il est bien de raison que ie respire vn peu;
Mon courage se rend, ma passion eschappe,
Celebrons nostre hymen en faueur de Messappe,
Puis que pour l'accomplir nous n'attendions que luy,
Qu'il mette vostre main dans la mienne auiourd'huy.

STRATONICE.

Il ne peut m'arriuer plus d'heur, ny plus de gloire,
Vostre condition vous oblige à le croire,
Amour ne sçauroit pas me recompenser mieux,
Ny m'esleuer plus haut, s'il ne m'esleue aux Cieux;
Mais parmy ces plaisirs que le vostre m'octroye,
Comment gousterez-vous vne parfaite ioye?
Et comment celebrer vn nuptial accord,
Ayant deuant les yeux l'image de la mort?
C'est ce qui ne se peut, sans vn desordre extréme;
Ie vous en fay le Iuge, & l'arbitre vous mesme;
Que ne diroit-on pas? si le mesme flambeau,
Mettoit le pere au lict et le fils au tombeau;
Seigneur, si vostre oreille escoute mes paroles,
Ie croy que mes raisons ne seront pas friuoles.

SELEVQVE.

Vostre prudence est grande, il le faut auoüer,
Pour estre trop loüable on ne vous peut loüer;

I.

Il est vray que ma flame au point qu'elle se range,
Semble au lieu d'éclairer, obscurcir ma loüange;
Et parce que l'amour est en moy violent,
Il semble que son feu me noircisse en brulant;
Mais ce vice est bien loing de mon ame enflamée,
Le feu qui la deuore, est un feu sans fumée,
Qui ne peut obscurcir mon renom ny mes iours,
Et qui ne noircit point, quoy qu'il brule tousiours:
Pour diuertir l'hymen que ie vous persuade,
Vous me representez qu'Antioche est malade,
C'est par cette raison que ie veux l'auancer,
L'Estat me le conseille, & ie m'y sens forcer;
Vn instinct de nature, & que le Ciel me donne,
Me dit que cet Hymen maintiendra la Couronne;
Que mon fils prendra part à ma ioye, à mon bien,
Par un secret rapport de son sang & du mien;
Sa guerison dépend de ce sainct Hymenée,
Que nous l'acheuions donc auecques la iournée;
Allez-vous preparer à ces chastes amours,
Separons-nous un peu pour estre unis tousiours.

STRATONICE.

C'est assez.

SELEVQVE.

En passant, vous verrez Antioche.

STRATONICE bas.

Mon courage arme-toy, car le combat s'approche.

SELEVQVE.

Que i'ayme cette belle.

LEOFONIE bas.

Et moy que ie la plains.

SCENE IV.

SELEVQVE, CLIMENE.

CLIMENE bas.

T*rapnique deuoir.*

SELEVQVE sans voir Climene.

D'où me vient que ie crains!
Quelque nouueau mal-heur menace la Prouince,

CLIMENE.

Eraſiſtrate....

SELEVQVE.

Et bien?

CLIMENE.

Vous mande que le Prince....

SELEVQVE.

Cruel, n'acheue pas ce funeſte rapport,
Ta langue eſt vn poignard qui me donne la mort,
Elle tuë en parlant, & ta voix criminelle,
Me cauſe en vn moment vne peine éternelle;
Tu m'en as aſſez dit, ie t'ay trop écouté,
Ceſſe vn triſte diſcours qui m'oſte la clarté,
Ne m'aſſaſſine plus d'vn recit lamentable;
Mais pourquoy tairas-tu mon mal-heur veritable,
Ne me deguiſe rien, i'aymeray ce diſcours,
Si ſa ſuitte met fin à celle de mes iours.

CLIMENE.

Que ne ſuis-ie à cette heure, ou ſans vie, ou ſans lãgue.

SELEVQVE.

Acheue vistement ta funeste harangue,
Ie n'ay que trop langui, donne le coup mortel,
Tu me seras plus doux, si tu m'és plus cruel,
Parle, & tuë en parlant.

CLIMENE.

Plutost que ie perisse.

SELEVQVE.

Ta pitié ioint icy la longueur au supplice,
Haste-toy, dy moy tout.

CLIMENE.

Ie ne puis.

SELEVQVE.

Ie le veux,
Pour contenter ton Roy, fay plus que tu ne peux.

CLIMENE.

Sire, dispensez-moy d'vn raport si funeste,
Erasistrate vient, il vous dira le reste.

SELEVQVE.

Le trespas de mon fils est escrit sur son front,
O Dieux! Pourquoy le mien n'est-il pas aussi prompt.

SCENE V.

ERASISTRATE, SELEVQVE, CLIMENE.

ERASISTRATE bas.

FEignons bien.

SELEVQVE.

Il vient donc de quitter la lumiere?
Quelle belle parole a-t'il dit la derniere,
Quels regrets a-t'il fait en rendant l'ame aux Dieux,
De ne m'embraffer pas à ses derniers adieux?

ERASISTRATE.

Sire, il respire encor, mais son corps & son ame,
Ne s'entretiennent plus que par vn trait de flame;

Vn moment changera son lict en vn tombeau,
Et le vent d'vn souspir esteindra son flambeau.

SELEVQVE.

Barbare que dis-tu ? ta rigueur sans pareille,
Me coule du poison dans l'ame par l'oreille ;
Quoy mon fils, quoy mon sang, mon plaisir, mon
    espoir ;
Quoy l'appuy de mon sceptre, est donc si pres de choir ;
Quoy l'vnique Soleil qui m'esclaire en ce monde,
Se perd dans vne nuict eternelle & profonde ;
La parque le rauit, sans que l'art des humains
Le puisse dégager de ses sanglantes mains ;
A ses mortels efforts, il n'est rien qui ne cede !

ERASISTRATE.

Sire, on y peut encor apporter du remede ;
Mais comme vn tel secours ne dépend que de moy,
Ie ne le donne pas pour l'Empire d'vn Roy.

SELEVQVE.

D'vn Roy !

ERASISTRATE.

De tous les Roys, qui sont dessus la terre,

SELEVQVE.

Quel Dieu lança iamais par la bouche vn tonnerre
Ie te puis appeller Bafilic mille fois,
Ce qu'il fait par les yeux, tu le fais par la voix ;
Tu peux tirer mon fils, & moy du precipice,
Ton art peut empefcher que l'Eftat ne periffe,
Tu peux leuer de terre vn Monarque abatu,
Cruel, fi tu le peux, pourquoy ne le fais-tu?

ERASISTRATE.

Quand ie vous auray dit, fans feinte & fans referue,
Ce qu'il faut que ie faffe, afin que ie vous ferue,
Comme il faut m'oublier, comme il faut me trahir,
Pour fauuer Antioche, & pour vous obeyr,
Au lieu de me blafmer, Sire, i'ay la creance,
Que vous approuuerez ma defobeyffance.

SELEVQVE.

I'approuuerois l'arreft, & le coup de ma mort;
Mais dy moy ce fecret qui t'importe fi fort,
Ton filence m'afflige autant que tes paroles,
Pour parler hardiment, croy que tu me confoles,
Ie me rens attentif ; Dieux que ne puis-ie auffi
Me rendre deformais infenfible au fouci.

ERASISTRATE.

ERASISTRATE.

Ie vais, ô triste Roy, vous apprendre vne histoire,
Facheuse à raconter, & difficile à croire:
Doncques pour exprimer le tout en peu de mots,
Vous sçaurez que l'amour est cause de vos maux;
Mais vn amour honteux, mais vn amour iniuste,
Mais vn amour qui n'a que son suiet d'auguste,
Qui porte vostre fils à cherir vn objet
Charmant, mais pour son rang, trop bas, & trop abjet;
Ouy, Sire, ie l'ay dit, & ie le dis encore,
L'amour de vostre fils le perd, vous des-honnore,
Se feux sont criminels, & luy qui sçait cela,
Veut dompter en mourant la passion qu'il a.

SELEVQVE.

Sans doute vous resvez, il brule pour Thamire,
Me des-honnore-t'il, fait-il vn crime?

ERASISTRATE.

                            Ah, Sire,
Souffrez que mes propos vous retirent d'erreur,
Son cœur est agitté par vne autre fureur.

M

SELEVQVE.

Quel autre feu pourroit s'allumer en son ame ?

ERASISTRATE.

Celuy qu'il a trouué dans les yeux de ma femme.

SELEVQVE.

De ta femme ; à ce mot ie demeure interdit,
De ta femme re∫ﬁeur !

ERASISTRATE.

Luy me∫me me l'a dit.

CLIMENE.

Si ie croy ma rai∫on, ie ne le ∫çaurois croire.

ERASISTRATE.

Sur qui ne peut amour remporter la victoire ;
Ce∫∫ez d'e∫tre ébahis de cette nouueauté,
Il triomphe tou∫iours, où combat la beauté,

SELEVQVE.

Il est vray que mon fils pourroit bruler pour elle,
Si le Ciel l'auoit faite aussi noble que belle;
Si la voix du renom ne flatte pas ses yeux,
Ils ont dequoy charmer les hommes & les Dieux;
Mais où l'auroit-il veuë, aprend-le moy de grace?

ERASISTRATE bas.

Vn iour, las & recreu des plaisirs de la chasse,
Il vint se rafraichir dérobé de ses gens,
Dans vn petit logis que ie possede aux champs;
Il y vit Polybie (on nomme ainsi ma femme,)
Aussi-tost la fraicheur luy pleust moins que la flame,
Il arresta ses yeux où son cœur s'attachoit,
Bref, il perdit chez nous le repos qu'il cherchoit.

. SELEVQVE.

Mon esprit ne fay point plus longue resistance,
Connois sa verité dessous cette apparence;
L'amour, ce fier tyran, range tout sous ses loys,
Et l'on ne peut mentir à la face des Roys;
Ie ne reuoque plus ce que tu dis en doute,
Mon iugement se tait, & ma raison t'escoute;
Mais c'est pour t'obliger d'escouter à ton tour,

Mon pouuoir qui te parle auecques mon amour,
Tu peux en ma faueur rompre le nœud qui lie.
Tes plaisirs & tes iours à ceux de Polybie;
Et puis poussé d'vn zele & rare & genereux,
Faire place en ton lict à mon fils amoureux.

ERASISTRATE.

Que me conseillez-vous?

SELEVQVE.

Le bien de la Prouince.

ERASISTRATE.

Ma honte.

SELEVQVE.

Ton honneur.

ERASISTRATE.

Perdre vne femme.

SELEVQVE.

Vn Prince.

ERASISTRATE.

Violer l'Hymenée.

SELEVQVE.

Aller contre mes Loix.

ERASISTRATE.

Offencer tous les Dieux.

SELEVQVE.

Aſſaſiner deux Rois.

ERASISTRATE.

Tous ces propos ſont vains ie ne m'y puis reſoudre.

SELEVQVE.

Ie me ſers de mon ſceptre ainſi que de la foudre;
Ce de luy.

ERASISTRATE.

J'ayme mieux en reſſentir les coups.

SELEVQVE.

Fay-le pour ton profit.

ERASISTRATE.

Sire, le feriez vous?
Supposez qu'Antioche adore Stratonice,
Que cette Reyne ait fait son amoureux supplice,
Et que pour le guerir, il la luy faut ceder ;
Pourriez-vous sans douleur vous en deposseder,
Pourriez-vous sans mourir la bannir de vostre ame?

SELEVQVE.

Il seroit mal-aisé d'esteindre cette flame,
Ie souffrirois beaucoup, ie t'en fais vn aueu;
Mais pour sauuer mon fils, ouy, i'eteindrois mon feu.

ERASISTRATE.

Vostre cœur parle-t'il?

SELEVQVE.

Il parle, ou ie perisse.

ERASISTRATE.

Quoy vous oubliriez....

SELEVQVE.

Tout, moy-mesme & Stratonice.

ERASISTRATE.

Ah vous n'en iurez pas.

SELEVQVE.

Ah , i'en iure ses yeux,
Que i'ayme, et que ie crains autãt que tous les Dieux.

ERASISTRATE.

Apres vn tel serment ie ne doy plus rien craindre,
Antioche est heureux, et vous estes à plaindre ;
Stratonice elle seule, est cause de son mal,
Ses attraits ont changé vostre fils en riual.

SELEVQVE.

Stratonice, est-il vray !

ERASISTRATE.

Rien n'eſt plus veritable.

CLIMENE.

Quelle preuue auez-vous d'vne choſe incroyable?

ERASISTRATE.

Auſſi-toſt qu'il la voit, vn feu ſubtil & prompt,
Brille dedans ſes yeux, & fait rougir ſon front,
Vne chaude ſueur humecte ſon viſage,
Sa langue à de la peine à trouuer ſon vſage,
Bref ſon cœur, & ſon poulx ſe ſentent alterez,
Ce ſont là de l'amour les ſignes aſſurez.

SELEVQVE.

Il ayme Stratonice!

ERASISTRATE.

Et quittera la vie,
Si ſa poſſeſſion n'aſſouuit ſon enuie.

SELEVQVE

SELEVQVE.

Naturels sentimens d'amour & d'amitié,
Que me conseillez-vous, la hayne, ou la pitié,
Le pardon d'Antioche, ou sa peine exemplaire?
Qui des deux est coupable, ou le fils ou le pere?
Puis que nous poursuiuons tous deux vn mesme bien,
Est-il plus mon riual, que ie ne suis le sien?
Ah! ce raisonnement me met à la torture,
Mon amour me deffend d'écouter la Nature,
La Nature deffend d'escouter mon amour;
Qui des deux entendray-ie, à qui seray-ie sour!
Vous puis-ie, ó Stratonice, oublier sans reproche,
Te sçaurois-ie sans crime oublier Antioche;
Non, non, ie ne sçaurois, il n'y faut pas penser,
Si mon amour est iuste, il m'en doit dispenser;
Abandonner mon fils, ie ne le puis sans blâme,
S'en est fait, s'en est fait, mon sang esteint ma flame,
Stratonice est à toy, cher appuy de mes iours,
Respire sans contrainte, & sois heureux toûsiours,
Ie te fay possesseur de ce tresor insigne,
En n'osant l'esperer, tu t'en és rendu digne,
Il suffit que ton cœur ait long-temps combattu,
Tu l'auras mon amour le cede à ta vertu.
   Que dy-ie à sa vertu! son ame criminelle,
N'en conserua iamais vne seule estincelle;
Qui seroient les meschants? si les incestueux,

N

Et si les criminels paſſoient pour vertueux,
Pour qui ſeroient les fers, & pour qui les ſupplices,
Si l'on reçompenſoit les crimes & les vices?
Antioche en fait vn qui n'euſt iamais d'eſgal,
Il deuint parricide auſſi-toſt que riual,
Ce fils dénaturé, dans ſa brutale enuie,
Veut m'oſter Stratonice, & c'eſt m'oſter la vie;
Mais i'arreſteray bien ce furieux projet,
C'eſt aſſez que ie regne, & qu'il ſoit mon ſujet;
Ie puis ſans offencer la dignité de pere,
Préter pour le punir l'oreille à ma colere,
Et s'il veut perſiſter en ſes laſches deſſeins,
Ie puis à mon courroux preſter enfin les mains,
Ouy cruel, ouy brutal, ouy perfide Antioche,
Ie puis t'oſter le iour, ſans crime & ſans reproche,
Ie te puis condamner, & meſme ie le doy,
Sinon comme ton pere, au moins comme ton Roy;
Tu choques ſans reſpect d'vne inſolence eſgale,
La dignité de pere, & la grandeur Royale;
Auſſi dois-tu ſentir toute la cruauté,
D'vn Roy que l'on offence, & d'vn pere irrité;
Ingrat reſous-toy donc à ce double ſupplice,
Ou pour t'en garantir, n'ayme plus Stratonice,
Ne conſidere plus ce qu'elle a de charmant,
Ayme la comme fils & non pas comme Amant,
Forme des vœux plus ſaincts, & moins illegitimes,
Demande moy pardon, repent toy de tes crimes,
Sinon prepare-toy de mourir de ma main;

Vn iuste chastiment ne peut estre inhumain.

   Vous Vieillard sans respect , comme sans pre- A Erasi-
   uoyance ,   strate.

Homme de grand sçauoir , et de peu de prudence,

Qui loing de terminer, augmentez mes ennuis ,

Si vous n'y pouruoyez , vous sçaurez qui ie suis.

Fin du quatriesme Acte.

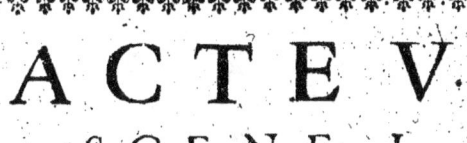

ACTE V.

SCENE I.

SELEVQVE, CLIMENE, CLITARQVE.

SELEVQVE.

ENfin que doy-ie faire, & que puis-ie refoudre,
D'vn & d'autre cofté i'entens gronder la foudre,
D'vn et d'autre cofté ie preuoy des mal-heurs,
Qui me feront verfer du fang au lieu de pleurs;
Si ie cede à l'amour, ie cede à la colere,
Si ie fuis bon Amant, ie fuis vn mauuais pere,
Si mon cœur eft fenfible, il n'a point de-pitié,
Et fi i'ayme toufiours, ie fuis fans amitié;
Dures extremitez, effroyable fupplice,
Il faut perdre Antioche, ou perdre Stratonice.
    Fidelles Confeillers, qui voyez mes tranfports,
Encor plus furieux au dedans qu'au dehors,
Oppofez vos Confeils à tant de violence,
Condamnez la nature ou l'amour au filence;

Apprenez-moy lequel de ces deux ennemis
Combat en temeraire, et doit estre soumis,

CLIMENE.

Sire, le sang vous parle, il ne faut que l'entendre,
Luy seul peut aisément le dire, & vous l'apprendre,
Oyez le seulement en des doutes pareils;
On est iamais trompé quand on suit ses conseils.

CLITARQVE.

Sire, l'amour vous parle, il ne faut que l'entendre,
On attaque vne Reine, & luy la veut deffendre,
Oyez le seulement en des doutes pareils;
Vn Monarque amoureux doit suiure ses conseils.

CLIMENE.

S'ils blessent son honneur, il faut qu'il les rejette.

CLITARQVE.

S'ils flattent son humeur, il faut qu'il les souhaitte.

SELEVQVE.

Que peut faire vn esprit en cette extrémité,
Le parjure, ou le meurtre est de necessité;

N iij

Il faut quoy que ie faſſe , ou perdre Stratonice ,
Ou ſi ie ſuis fidelle, il faut qu'vn fils periſſe.

CLIMENE.

Serez vous ſans pitié?

CLITARQVE.

Manquerez-vous de foy.

CLIMENE.

Comportez-vous en pere.

CLITARQVE.

Agiſſez comme vn Roy.

SELEVQVE.

Ah cruels vous mettez mon ame à la torture!
L'vn parle pour l'amour , l'autre pour la nature,
L'vn conſent à mes feux, l'autre n'y conſent pas,
L'vn veut ſauuer monfils , l'autre veut ſon trépas,
Qui de vous me trahit, qui de vous me conſeille,
A qui doy-ie donner mon ame et mon oreille,
Qui de vos deux auis tient plus de la raiſon?

CLITARQVE.

C'est le mien.

CLIMENE.

Le voftre ?

CLITARQVE.

Ouy.

CLIMENE.

C'est vne trahifon.

CLITARQVE.

Sire, ainfi m'offencer deuant noftre perfonne.

CLIMENE.

Sire, ne punir pas le confeil qu'il vous donne.

CLITARQVE.

Il eft vtile & bon.

CLIMENE.

Il est pernicieux,
Nuisible, temeraire, iniuste & factieux.

CLITARQVE.

Il promet du plaisir.

CLIMENE.

C'est qu'on se l'imagine.

CLITARQVE.

C'est le bien de l'Estát.

CLIMENE.

C'est plutost sa ruine,
Il esbranle le sceptre & le Royaume entier,
Puis qu'il luy veut rauir son vnique heritier.

CLITARQVE.

Parlez mieux.

SELEVQVE.

SELEVQVE.

Taisez-vous l'vn et l'autre,
Ie veux suiure mon sens, non le sien ny le vostre,
La resolution que ie prens auiourd'huy,
Vient de moy seulement, non de vous ny de luy ;
Mon diademe, & l'or que l'on y voit reluire,
Iettent de la lumiere assez, pour me conduire ;
D'ailleurs le Ciel qui tient mon esprit en ses mains,
Le gouuerne bien seul sans l'ayde des humains ;
Ie sçay que ie ne puis sans blesser la Nature,
Armer mes passions contre ma creature ;
Et quoy que vous disiez en faueur de l'amour,
Clitarque, son flambeau s'esteint aupres du iour:
Mais auant qu'estouffer entierement la flame,
Que la mesme beauté fit naistre dans mon ame,
Ie veux par vn moyen que ie viens de songer
Connoistre si mon fils est en si grand danger,
Si telle est son ardeur, & telle ma disgrace,
Qu'il faille qu'il perisse, ou qu'on luy satisface ;
Climene, cependant faites vostre deuoir,
A disposer Messappe à ne point s'émouuoir,
A ne me traiter point d'ingrat & de parjure,
S'il faut que mon amour le cede à la Nature.

Il se tourne à l'vn & puis à l'autre.

O

SCENE II.

ANTIOCHVS.

STANCES.

V Eux-tu paraiſtre vne vipere,
   A celuy dont tu tiens le iour,
Miſerable eſclaue d'amour;
Veux-tu pour viure heureux faire mourir ton pere,
   Seras-tu ſi traitre à ton ſang,
Que d'aller laſchement en l'ardeur qui t'altere
   Eſtancher ta ſoif en ſon flanc.

   Ingratte et laſche creature,
   Souffre, & fais vn peu moins de maux,
   Aprens des plus fiers animaux,
A faire ton deuoir dedans cette auanture;
   Eux qui n'eurent iamais de loy,
Et qui ſuiuent en tout leur brutale Nature,
   Sont bien plus retenus que toy.

Depuis que le Ciel illumine

La terre auecque son flambeau,
A t'on remarqué qu'vn rameau
S'efforçast d'arracher sa tige ou sa racine ?
Qui des mortels à iamais veu
Qu'vne eau se reuoltast contre son origine,
Mon sang, pourquoy donc le fais-tu ?

Respecte, & cheris dauantage,
Le lieu d'où l'on t'a veu sortir,
Ie suis tout prest d'y consentir,
Fay, fay, rougir la terre & non pas mon visage,
Sors de mes veines pur & net,
Laue mon cœur d'vn crime, éteins en mon courage,
Le feu que Stratonice y met.

Helas que ce beau nom me touche,
Que i'ayme de le proferer,
Pour m'abstenir d'en souspirer,
Il faudroit que ie fusse aussi dur qu'vne souche,
Depuis qu'elle est hors de mon sein,
Cette aymable Princesse est encor en ma bouche,
Dieu ! qu'elle fait peu de chemin.

Mais apres tout, il ne m'importe,
Pres ou loing ie ne l'ayme plus,
Tous ses appas sont superflus,
Quoy qu'amour soit vn Dieu, ma raison est plus forte,
Elle le surmonte auiourd'huy,

                                    O ij

Il a ſurpris mon cœur, mais il faut qu'il en ſorte,
La mort y vient au lieu de luy.

Icy Se-
leuque
paroiſt
dans vn
cabinet
d'où il en-
tend An-
tiochus
ſans' en
eſtre veu.

C'eſt elle que i'attens, c'eſt elle que i'inuoque,
Tout le monde la fuit, & moy ie la prouoque;
Qu'elle tarde à venir, n'eſt-ce point qu'elle a peur
De mourir elle-meſme, en voyant ma douleur?
Ou ſi c'eſt qu'approuuant mes peines ſans pareilles,
Comme elle n'a point d'yeux, elle n'ait point d'oreilles,
Ie ne puis que iuger de ſon retardement,
A cauſe que i'y cours elle vient lentement;
Et parce qu'elle ſçait que ſa pitié m'outrage,
Elle ſe fait prier pour me monſtrer ſa rage.

SELEVQVE bas.

Mon cœur à ce propos ſe fend par la moitié,
I'en exile l'amour, i'y reçoy la pitié,
Nature, pieté, ie cede à vos atteintes.

ANTIOCHVS.

Qui vient encor icy m'interrompre en mes plaintes?

SCENE III.

ERASISTRATE, ANTIOCHVS,
SELEVQVE dans le Cabinet.

ERASISTRATE bas.

Qvelque secret dessein que puisse auoir le Roy,
Fay ce qu'il t'a prescrit sans t'informer pourquoy.

ANTIOCHVS.

L'ayde de ce Vieillard m'importune & m'offence,
Que voulez-vous?

ERASISTRATE.

Seigneur, consultez mon silence,
Ie suis si fort surpris d'vn si prompt changement,
Que ie perds la parole auec le iugement.

O iij

ANTIOCHVS.

Qu'elle difgrace, ô Dieux ! quel accident peut-ce eſtre ?
Mes maux ſont-ils encor dans le point de s'accroiſtre,
Parlez Eraſiſtrate, & ne deguiſez rien ;
Raſſurez voſtre eſprit pour émouuoir le mien ?

ERASISTRATE.

Le Roy dont vous ſenez & les biens & la vie,
Tache de ruiner voſtre amoureuſe enuie,
Il adore Thamire, & ſon aſpect fatal,
Le change de bon pere en vn fâcheux riual ;
Stratonice n'eſt plus qu'vn obſtacle à ſa ioye,
Sa nouuelle fureur luy deffend qu'il la voye,
Il eſt dans le deſſein de la congedier,
Et pour vous dire tout, de la repudier.

ANTIOCHVS.

De la repudier, il ne les peut ſans blame,
Ses vertus & ſon rang ſont dignes de ſa flame ;
De la repudier, c'eſt pour ſa qualité,
Et trop d'ingratitude et trop d'indignité ;
Il ne le fera pas, vne action ſi noire,
Obſcurciroit le luſtre, et l'eſclat de ſa gloire ;
Ie n'ayme pas ſi peu ſon honneur & le mien,

Que ie ne parle icy contre mon propre bien ;
Malgré la paßion que i'ay pour Stratonice,
Ie n'auoüeray iamais vne telle iniustice,
Ie me declarerois indigne & lache Amant ,
Si ie pouuois souffrir ce mauuais traittement,
Et mes iours ne feroient qu'vne honteuse course,
Si mon sang enduroit des taches en sa source.

SELEVQVE bas en se retirant.

O generosité qu'on ne peut trop loüer !
Ses feux sont trop discrets pour les desauoüer.

ANTIOCHVS.

Vous qui sçauez le change, & l'amour de mon pere,
Dans son aueuglement voudra-t il qu'on l'éclaire,
Ne le vaincray-ie point auecque la douceur,
Entendra-t il son fils , s'il deuient son censeur ?

ERASISTRATE.

Seigneur , sa paßion n'est pas encore telle,
Que la vostre ne soit beaucoup plus forte qu'elle,
Quoy que son feu soit grand pour l'esteindre auiour-
   d'huy ,
Dites que vous aymez en mesme lieu que luy.

ANTIOCHVS.

Ie ne puis auancer ce propos sans mensonge,
Puis que c'est seulement à Thamire qu'il songe;
Mais monstrons ma constance, & souffrons iusqu'au
bout,
Tachons de le gaigner afin de perdre tout;
Erasistrate allons, i'ay de l'impatience.

ERASISTRATE.

Vous ne pourrez auoir vne prompte audience,
Le Conseil assemblé pour sçauoir son desir,
Escoute ses raisons qu'il expose à loisir;
Mais attendant qu'il vienne, il seroit necessaire
D'en parler à la Reyne.

ANTIOCHVS.

O conseil salutaire!
Il feint de vouloir sortir. Ne perdons point le temps puis qu'il nous est si cher,
Soutenez ma foiblesse, & m'aydez à marcher.

SCENE IV.

SCENE IV.

STRATONICE, THAMIRE, ANTIOCHVS,
ERASISTRATE.

STRATONICE.

OV penſiez-vous aller, la chambre d'vn malade
Ne deuroit-elle pas borner ſa promenade ?
Remettez-vous au lict, mon Prince, croyez nous,
Où l'on vous rend honneur, vous courbez les genoux,
I'en demeure confuſe.

ANTIOCHVS.

                  Adorable Princeſſe,
Ie le fay par deuoir autant que par foibleſſe,
Et ſi vous me voyez ſi paſle & ſi deffait,
C'eſt que ie me reſſens de l'affront qu'on vous fait.
    Au ſeul reſſouuenir de ce deſſein coupable,
Dont ie vous croyois franche & mon pere incaple,
Si le reſpect du ſang ne retenoit ma voix,
Ie publirois par tout qu'il offence les loix,
Qu'il ſe rend, & qu'il eſt la honte des Monarques:

                             Q

Ses injuſtes projets en ſont de bonnes marques,
Apres la lâcheté qu'il a pû conceuoir,
Ie crois en le blâmant faire bien mon deuoir ;
Vn fils n'eſt pas tenu de ſouſcrire à ſon pere,
Lors que ſon cœur médite vn crime qu'il veut faire ;
Le iour qu'il tient de luy n'oblige ſon amour
Qu'à ſouffrir ſes deſſeins qui ſont dignes du iour ;
Ceux que forme mon pere, en ſont par trop indignes,
Il ſe fait, il vous fait, des reproches inſignes :
Mais cette difference eſt admiſe entre vous,
Que quoy qu'il puiſſe dire, il les merite tous ;
Vos belles qualitez tant du corps que de l'ame,
Monſtrent que ce n'eſt pas à tort que ie le blame,
Et qu'il eſt tout à fait ſans eſprit & ſans yeux,
D'exiler de ſon lict vn chef d'œuure des Cieux ;
De vous répudier comme il ſe le propoſe,
De ſon authorité, ſans reſpect & ſans cauſe ;
Si ce n'eſt, qu'il allegue à ſa honte auiourd'huy,
Qu'il ne ſçauroit ſouffrir la vertu prés de luy.

STRATONICE.

A quoy tend ce diſcours ?

ANTIOCHVS.

A diuertir mon pere,
De préferer à vous vne autre qu'il eſpere ;

Vous fçauez mieux que moy ce fatal changement,
Pourquoy me cellez-vous voftre reffentiment ?

STRATONICE.

Sortez , Seigneur, fortez de cette fantaifie,
Et de la vaine peur dont voftre ame eft faifie;
Le Roy n'y fonge pas, encore que ie fois;
Indigne de fon lict où m'appelle fon choix.

ANTIOCHVS.

Et vous belle Princeffe, à qui les Dieux octroyent,
De charmer les humains auffi-toft qu'ils vous voyent,
Vous qui tenez leurs cœurs en des liens dorez ,
Tairez vous , ma difgrace , ou fi vous l'ignorez ?
Me voulez-vous celer que mon pere vous aymé,
D'vn zele & d'vn amour iniufte autant qu'extréme,
Et que pour fatisfaire à fon defir brutal,
Il méprife, Madame, & deuient mon riual;
Tairez-vous que vos yeux ont fon ame embrafée?

THAMIRE.

Parlez-vous tout de bon, où fi c'eft par rifée?

ATIOCHVS.

Il montre Erasistrate. *A-t'on sujet de rire en vn mal apparent,*
Si vous ne m'en croyez, i'ameine mon garent.

ERASISTRATE.

Le Roy vient, en faut-il vn meilleur tesmoignage.

SCENE V.

SELEVQVE, CLITARQVE, ANTIOCHVS,
STRATONICE, THAMIRE, ERASISTRATE.

SELEVQVE à Clitarque.

HOmme lâche & sãs foy, laisse agir mon courage.

CLITARQVE.

Escoutez .....

SELEVQVE.

Ie suis las d'escouter tes pareils,
Va t'en donner ailleurs tes infames conseils,
Euite mon aspect qu'il ne te soit funeste.

Clitarque
se retire.

ANTIOCHVS.

Sire ....

SELEVQVE.

Il suffit, mon fils, ie compren bien le reste,
Commencez d'estre heureux, cessez de m'accuser,
Il est temps, il est temps, de vous desabuser;
Nous nous sommes seruis d'industrie & de feinte,
Pour conoistre le trait dont vostre ame est atteinte,
Nous l'auons découuert auec l'archer vainqueur,
Qui vous l'a decoché iusques au fond du cœur;
Ne croyez pas mon fils, que i'aye eu le caprice
D'esloigner de mon lict la belle Stratonice;
Iamais vn tel penser n'entra dans mon esprit,
Plutost telle fureur iamais ne me surprit;
C'est vne inuention que i'ay trouuée moy-mesme,
Par elle i'ay connu vostre courage extresme,
Par elle ie connoy vostre amoureux souci,
Et par elle ie sçay vostre remede aussi;

Q iij

Cette aimable beauté de tant d'appas pourueuë,
Sur qui i'auois ietté le defir & la veuë,
Stratonice elle-mefme, & fes charmes puiffans,
Rendent comme ce corps vos efprits languiffans ;
Que voftre bouche icy laiffe parler voftre ame ,
Auoüez hautement que vous aymez , Madame ;
Confeffez que fes yeux vous infpirent du feu,
Il eft temps de le dire, & d'en faire vn aueu ;
Affez vertueux fils voftre ame genereufe,
A fouffert en fecret vne ardeur amoureufe,
Qu'elle efclatte aujourd'huy ne me la cachez plus,
Parlez, & demandez fans craindre le refus.

THAMIRE bas.

Ie demeure interdite , & ie fuis eftonnée,
Qu'on m'ofte vn Prince auquel on m'auoit deftinée ;
Mais montrons du courage au lieu d'en murmurer.

ANTIOCHVS.

Ah mon pere.

SELEVQVE.

Ah mon fils.

ANTIOCHVS.

Ie doy.....

SELEVQVE.

Tout esperer,
Ne dißimulez point, dites sans artifice,
Ouy, mon pere, il est vray? adore Stratonice,
Et si vous ne l'auez, ie veux perdre le iour.

ANTIOCHVS.

Confus de vos propos, rauy de vostre amour,
Honteux de découurir vne flame insensee,
Qui fait paslir mon front, & rougir ma pensee;
Criminel enuers vous d'vn feu pernicieux,
Oseray-ie parler, doy-ie leuer les yeux,
M'est-il encor permis de vous nommer mon pere,
Le puis-ie iustement puis que ie dégenere;
Car c'est assurement dégenerer de vous,
Que de porter mon cœur où vous estes espoux;
Toutefois si l'amour permet que ie m'exprime,
S'il me laisse parler en faueur de mon crime,
Et si vostre bonté m'en donne le pouuoir,
Vous verrez qu'en faillant i'ay bien fait mon deuoir.
  Alors qu'vn bel objet à nos yeux se presente,

Nous en sommes esmeus rien ne nous en exempte,
Il luy faut obeyr, quoy que nous reclamions,
Et puis qu'il est aimable il faut que nous l'aymions;
Mais pour aimer ainsi l'on est point condamnable,
Ce premier mouuement est iuste & raisonnable,
Vouloir le surmonter ce seroit se trahir,
Vn homme doit aymer ce qu'il ne peut haïr;
Voicy donc seulement où consiste l'offence,
C'est quand nostre desir cherche la iouyssance,
Lors ce premier amour change de qualité,
Et n'est plus rien sinon qu'vne brutalité:
Ie confesse, grand Roy, que i'ayme Stratonice,
De cette passion qui ne tient rien du vice,
Mais ce brutal apas qui nous tire au plaisir,
Ne m'a iamais touché de l'ombre d'vn desir;
Tousiours vostre respect, & le soin de ma gloire,
Ont esté bien auant grauez dans ma memoire,
Et l'apprehension de choquer vostre ardeur,
A tousiours esloigné ce monstre de mon cœur;
Que s'il a quelquefois tasché de me surprendre,
L'honneur & la raison me sont venus deffendre,
Et i'auois resolu de le faire perir,
Et de le surmonter, en me laissant mourir.

SELEVQVE.

Viuez, viuez plutost, vostre vie est si belle,
Que ie souhaitterois qu'elle fut immortelle;

Antioche

Antioche viuez, mais viuez bien-heureux,
J'approuue voſtre feu puis qu'il eſt genereux ;
Amour quand il luy plaiſt, nous eſchauffe & nous
·bruſle,
Alors on fait beaucoup ſi l'on le diſſimule,
C'eſt reſiſter aſſez que de rendre inconnu,
Et de tenir couuert ce tyran qui va nu :
Vous auez en ce point fait voir voſtre courage,
Il n'eſt pas de beſoin d'en montrer dauantage,
Quoy que cet ennemy vous dompte et vous abat,
Vous deuez triomfer apres vn tel combat ;
Voſtre vertu merite vn ſi digne ſalaire,
Qu'vn autre à mon auis, ne vous peut ſatisfaire ;
Doncques pour vous oſter de peine & de langueur,
Receuez de ma main ce preſent de mon cœur ;
Iouyſſez d'vn long calme apres tant de tempeſtes,
Et gouſtez les douceurs & les plaiſirs honneſtes,
Donnez-vous l'vn à l'autre, & la main et la foy,
Aymez-le comme eſpoux ; aymez moy comme Roy ;
Enfin viuez contens, & qu'vn ſuccez ſi rare,
Vous aſſemble ſi bien que rien ne vous ſepare.

Il luy pre-
ſéte Stra-
tonice.

STRATONICE.

Puis-ie ſans lacheté contenter vos deſirs ?

R

ANTIOCHVS.

Et puis-ie sans douleur posseder vos plaisirs ;
Puis-ie voir la lumiere à vostre preiudice,
Puis-ie sans vn remors vous rauir Stratonice,
Et peut-elle non plus sans regret m'enflamer,
Nous faites-vous ce tort que de le presumer?

SELEVQVE.

Ces nobles sentimens que la vertu vous donne,
Affermissent ceux-là que l'amitié m'ordonne ;
Stratonice est à vous, ne vous deffendeZ plus,
Tous vos propos seroient et vains & superflus ;
Madame, ie vous prie en faueur de la flame,
Que vos perfections firent naistre en mon ame,
Et de plus en faueur de ce nouuel espoux,
De souspirer pour luy comme il languit pour vous.

STRATONICE.

C'est peu de soupirer, Sire, il faut que ie pleure,
Pleurer c'est encor peu, Sire, il faut que ie meure,
Et que ie m'affranchisse en courant au trépas,
Du crime d'obeyr, ou de n'obeyr pas.

SELEVQVE.

Ce que ie vous demande est iuste & legitime,
L'octroyer est vertu, le refuser vn crime;
Le Ciel n'inspire aux Rois que de iustes desseins,
Il assemble vos cœurs quand i'assemble vos mains;
Tesmoignez-vous tous deux vne tendresse esgale.

STRATONICE.

Sire, ie le chery d'vne amour coniugale,
Puis que vostre vouloir me l'ordonne aujourd'huy,
Ie ne suis plus à vous, ie ne suis plus qu'à luy.

SELEVQVE.

Que ie vous suis tenu de ceste complaisance,
Tout l'Estat vous en doit vne reconnoissance;
Mais escoutons Thamire, à ne voir que son front,
Elle croit en son cœur qu'on luy fait vn affront,
Détournons-en les yeux, & prestons les oreilles.

STRATONICE.

Vn pareil accident touche peu mes pareilles,
Non, non, ie ne croy point que ce soit vn mespris;
Ie suis pour Antioche vn assez digne prix;
Si la hauteur du throsne esleue sa famille,

R ij

S'il est le fils d'vn Roy, l'on sçait que i'en suis fille,
Et tie ne pense pas que l'on m'offence en rien,
Sçachant l'esgalité de son rang & du mien.

SELEVQVE.

J'ayme ces sentimens que la vertu suggere,
Mais ie me trompe fort, ou ie voy vostre pere;
Il tesmoigne qu'il est irrité contre nous,
Ses yeux sont enflamez du feu de son courroux,
Il le faut escouter.

SCENE DERNIERE.

MESSAPPE, SELEVQVE, ANTIOCHVS,
STRATONICE, THAMIRE, CLIMENE,
ERASISTRATE.

MESSAPPE.

D Oncques tant de trauerses
Que m'ont donné les mers & les terres diuerses;
Doncques tant de dangers que i'ay courus sur l'eau,
Où ie n'estois tousiours qu'à trois doigts du tombeau,

Où les vents mutinez, & Neptune en sa rage,
M'ont peint plus de cent fois la mort sur le visage;
Doncques encor vn coup, tant de trauaux soufferts,
M'ont en vain trauaillé pour vn bien que ie pers;
Vous trompez mon espoir, & par trop d'oubliance,
Vous rompez auec moy la paix & l'alliance;
Trahissez vous ainsi l'honneur & vostre foy,
Vn Roy doit-il ainsi traiter vn autre Roy?

SELEVQVE.

Ce genereux courroux sera-t'il de durée ?

MESSAPPE.

Autant, & beaucoup plus que l'injure endurée;
Violez vn hymen que vous auez promis,
Vous estes à Damas où tout vous est permis;
Accordez Antioche à la beauté qu'il ayme,
L'onde qui m'amena m'emmenera de mesme,
Et si rien ne s'oppose à mes soins diligens,
Ie vous reuiendray voir auecques plus de gens.

SELEVQVE.

Par ce hardy propos vous menacez ma terre?

R iij

MESSAPPE.

Des plus sanglants effets que peut causer la guerre,
Puis que les doux moyens ne sont pas de saison,
I'allegueray des Roys la derniere raison.

SELEVQVE.

Ie n'apprehende pas qu'vne telle menace,
Trouble de mon pays la paix & la bonace;
Ie m'en vay vous oster, si mes vœux ne sont vains,
Et la hayne du cœur, & les armes des mains;
Il est vray qu'aujourd'huy ie romps vn mariage,
Dont ie vous ay donné ma parole en ostage;
Mais ce n'est point orgueil, ny manquement de foy,
Ces deffauts n'entrent point de dans l'ame d'vn Roy;
Le Dieux ne souffrent pas que la nature cache
Dans leurs plus beaux pourtraits vne si laide tache.

MESSAPPE.

Qu'est-ce donc qui vous porte à me desobliger?

SELEVQVE.

Il montre Vn fils qui meurt d'amour que ie veux soulager;
Climene. Ce sage confident aura pû vous apprendre,
Comme il a combattu deuant que de se rendre;

Et s'il n'a rien obmis de sa commißion,
Vous connoißez l'objet de son affection.

MESSAPPE.

Celuy que vous faisiez le sujet de la vostre.

SELEVQVE.

Puisqu'il en est espris, il n'en aura point d'autre,
Ie serois bien cruel, le pouuant secourir,
De ne le faire pas, & de le voir mourir;
Nature souffriroit en cette procedure,
Et le courroux du Ciel vangeroit la Nature.

MESSAPPE.

Sçaurois-ie receuoir vn plus grand déplaisir.

SELEVQVE.

Ie vous demande encor vn moment de loisir;
Vn illustre parti qui me tient de bien proche,
Vn Prince außi puißant que peut l'estre Antioche,
D'außi grande sageße, & d'außi grand renom,
(Luy-mesme l'auouëra quand il sçaura son nom;)
Enfin vn conquerant de Royale naißance,
Qui sçait tenir vn peuple en son obeïßance;
Qui sçait comme il faut faire & proposer des loix,

J'en reçoit de Thamire, & bruſle pour ſon choix ;
Il l'ayme d'vne amour auſſi ſainte qu'extréme ;
Et pour bien l'exprimer, il s'ayme moins ſoy-meſme
Auiſez ſi les vœux de ce nouuel amant.......

MESSAPPE.

Ah traitez moy de grace vn peu plus noblement ;
Quel ſortable party trouuez vous à Thamire ?
Tout autre qu'Antioche en vain l'ayme & l'admire
Les plus grands d'apres luy ſont des ſujets trop bas,
Et qui ne regne point, ne la merite pas.

SELEVQVE.

C'eſt vn Roy qui l'adore, & qui vous la demande,
Vn Roy qui ne craint rien, & que tout apprehende ;
Que l'on redoute en guerre, & que l'on ayme en paix
Enfin c'eſt moy, Seigneur, voyez ſi ie vous plais ?

CLIMENE.

O bon-heur ſans pareil !

ERASISTRATE.

O merueille !

ANTIOCHVS

ANTIOCHVS.

> O prodige !

MESSAPPE.

Cette offre me surprend autant qu'elle m'oblige,
Ie ne me flatois pas d'vn si superbe espoir ;
Seigneur, mes volontez suiuent vostre vouloir ;
Disposez de Thamire, & de moy-mesme encore,
Ie veux qu'elle vous ayme, & qu'elle vous honnore,
Ma fille approchez-vous, ne consentez vous pas,
Que ce Roy glorieux regne sur vos appas.

THAMIRE.

Si vous le commandez, ie sçay que la naissance.
M'oblige entierement à cette obeyssance.

MESSAPPE.

Ouy, ie vous le commande auec l'autorité,
Que me donne sur vous le sceptre & la clarté.

THAMIRE.

C'est assez, ie n'ay plus de desirs que les vostres.

S

STRATONICE.

Quels bon-heurs, quels plaisirs, sont plus grands que les
noſtres?

SELEVQVE.

Püis que malgré l'enuie, & la hayne du ſort,
Nous ſurmontons l'orage & nous entrons au port;
Puis que tout nous ſuccede, & que le Ciel propice,
Eſt d'accord qu'Antioche eſpouſe Stratonice,
Et qu'il permet de plus en faueur de mes feux,
Que Madame, autoriſe & reçoiue mes vœux;
Allons dedans le Temple aſſurer noſtre ioye,
Et lier nos deſtins par des liens de ſoye ;
Qu'vn double & ſainct Hymen aſſemble en ces bas
lieux,
Ce que les Immortels ont vny dans les Cieux.

MESSAPPE.

Allons, mes ſentimens approuuent voſtre enuie.

ANTIOCHVS à Seleuque.

Quel pere à ſon enfant donna deux fois la vie !
Cependant il eſt vray que voſtre grand amour,
M'a donné par deux fois & le ſceptre & le iour.

CLIMENE.

Nous ne deuons qu'à vous la paix de la Prouince,
Le repos de Seleuque & la santé du Prince.

ERASISTRATE.

Vous ne deueʒ qu'aux Dieux, pour ces bien-faits re-
cens,
Des Temples, des Autels, des vœux, & de l'encens.

FIN.

AVX LECTEVRS.

VNe fièvre de quinze iours qui m'a empesché de voir les Espreuues, a esté cause que quelques fautes se sont glissées sous la presse de la part de l'Imprimeur; Ie vous supplie de les remarquer, & de ne prendre pas garde aux miennes.

Fautes suruenuës à l'Impression.

Page 9. vers 2, nos lisez vos. p. 12, vers 3. les lis. le. p. 13, vers 10. tant lisez de tant. pag. 14. le 13. vers est supposé, en la mesme pag. vers 21. hymen lisez accord. pag. 29. vers 10. la faute que i'ay faite, lisez les fautes que i'ay faites. pag. 47. vers 4. nostre lisez vostre. p. 54. vers 20. nuisible, lisez inuisible. pag. 107. vers 10. Dieu, lisez Dieux, au mesme vers, qu'elle fait, lisez qu'elle a fait. pag. 110. vers 13. les, lisez le.

www.ingramcontent.com/pod-product-compliance
Lightning Source LLC
Chambersburg PA
CBHW051550280626
47162CB00021B/1665